Mingjia Jingpin Yuedu

名家精品阅读

许地山

散文·小说

许地山◎著

吉林出版集团／吉林文史出版社

一套批注式阅读的好书

李晓明

批注式阅读是我国传统的阅读方式之一。有些读者喜欢读书时在文中空白处写下自己独到的见解和感受，留下阅读时思考的痕迹，这样的阅读就是批注式阅读。

我国从古代开始就风行批注式阅读。俗称“春秋三传”的《左氏春秋传》、《春秋公羊传》、《春秋谷梁传》因对《春秋》的出色批注而出名，这三本批注式读本的出现，为《春秋》的广泛传播起了推波助澜的作用。汉魏时期，郦道元也因批注《水经》，而使他写的《水经注》名誉天下。东晋时期史学家裴松之批注的《三国志》，在查阅大量史料的基础上，以超过原文三倍的批注内容丰富了原书，使许多失载的史实得以保存。明清以来，小说盛行，批注之风日盛。如金圣叹批注《水浒传》，毛氏父子批注《三国演义》，张竹坡批注《金瓶梅》，脂砚斋批注《红楼梦》。这些优秀的批注笔记随同原著一起刊出，风行一时，成为其他读者再次阅读时的可贵借鉴，也成为文化界交流的重要方式之一。

近现代以来，批注式阅读仍然是伟人和有思想的文人读书的重要方式之一。毛泽东就有不动笔墨不读书的习惯。《毛泽东点评二十四史》对中国历史的研究和独到见解为世人所叹服。鲁迅先生也提出读书要眼到、口到、心到、手到、脑到。

国外的很多文学家和伟人也有批注式阅读的习惯。如列宁的《哲学笔记》就是由他读书时的批注和笔记汇编而成的马克思主义哲学的经典著作。

批注式阅读不应该只是文学家、史学家、哲学家的专利，它完全可以被普通的读者所掌握，成为一种值得提倡的阅读方式。当前，在中学广泛使用批注式阅读方式培养学生读书能力的，当首推东北师范大学附属中学。他们的具体做法是:全班同学同时阅读同一本书，每个人都在书旁的空白处写下自己的“书间笔痕”，在篇末写下“篇后悟语”。然后在全班的读书报告会上交流自己的感悟，写得最好的感悟文字作为全班的阅读心得在年级进行交流，再选出最好的感悟文字集结成书。东北师大附中在进行“语文教育民族化”的教改实验中，把批注式阅读的成果汇编成《启迪灵性的语文学习方式孙立权“批注式阅读”教例》，成为各校开展批注式阅读的范例。

批注式阅读的好处是显而易见的。

首先，批注式阅读培养了读者的思维能力。与一般的读书不同，批注式阅读强调读者对读物的思考和独到的见解。大师们写下了自己的作品，有了自己的话语权。作为读者的我们，也不能丧失自己的话语权，不能只是被动地阅读别人的作品。批注式阅读提倡读书时发表个人的独到见解，即所谓“一千个读者就有一千个哈姆雷特”。鲁迅先生在《读书杂谈》中提倡读书时“仍要自己思索，自己观察。倘只看书，便变成书橱”，诺贝尔文学奖获得者萧伯纳和德国哲学家叔本华也都告诫过读者，如果读书时只能看到别人的思想艺术，不用自己的头脑思索的话，实际上是把自己的脑子让给别人做跑马场。孔子曰“学而不思则罔”，讲的也是同样的道理。如果不想把自己变成只会吸收别人思想的书橱，或者让自己的头脑完全变成别人的跑马场，那么，就学习一下批注式阅读吧。

其次，批注式阅读培养了读者的写作能力。因为批注式阅读是一种不动笔墨不读书的阅读方法，它直接培养了读者的写作能力。尤其是每篇作品后面的“篇后悟语”，简直就是一篇完整的评论文章。读书时常常动笔把自己的点滴体会记录下来，坚持这样做，一定会在写作能力的培养上有巨大的收获。

再次，批注式阅读促使读者自觉扩大阅读的广度。在东北师大附中的批注式阅读教改实验中发现，同学们为了提高自己的批注水平，常常出现“以文解文”、“以诗解诗”的情况。即阅读一篇文章或一首诗时，引用同类作品进行解读，批注效果往往令人拍案称奇。在批注王维的《辋川闲居赠裴秀才迪》的“倚杖柴门外，临风听暮蝉”一句时，就有两名同学分别写到：“颔联与王籍《入若耶溪》中‘蝉噪林逾静，鸟鸣山更幽’有异曲同工之妙：用声响来反衬所在环境的静雅清幽。”“这是‘居高声播远，因是藉秋风’，与虞世南的‘居高声自远，非是藉秋风’不同。”同学们为了写出自己的独到见解，查阅更多的同类作品，不仅提高了自己的批注水平，也扩大了知识面。

最后，批注式阅读为读者间的交流提供了平台。一般认为，读书只是个人的活动，与他人无关。但批注式阅读不同，它可以把批注的成果提供给别人，成为大家交流思想和见解的平台。像脂砚斋批注的《红楼梦》、金圣叹批注的《水浒传》等，对后世读者的启迪作用是有目共睹的。即使在中学生中进行的批注式阅读，也在全班、全年级乃至更大的范围内，提供了大家交流思想、发表不同见解的平台，这种同龄人之间的读书心得交流，是非常有益的。

我们出版的这套“名家精品阅读”与同类读物不同，它不仅向读者提供了优秀的文学作品，同时在每一页给读者留下了写批注式阅读心得的空间，使读者可以很方便地、随时写下自己的读书心得。如果几十年后，拿出本书看一看，你会惊喜地看到自己当年心灵成长的轨迹。

我们在每本书的前面精选了一篇作家的代表作进行批注式阅读，给大家提供一个样本。读者们也可以根据自己的喜好，从不同的角度进行批注。相信读者们一定会写出比范文更优秀的读书心得，让阅读成为一件非常快乐的事情。

2011 年 9 月于东北师范大学文学院

宗教与人生融合的哲思人

乔增辉

许地山是我国著名现代作家、学者。名赞垄，字地山，笔名落华生。祖籍广东揭阳。1893 年他生于台湾台南一个爱国志士的家庭。回内地后落籍福建龙溪。1917 年考入燕京大学，曾积极参加五四运动，合办《新社会》旬刊。1923 ~ 1926 年在美国哥伦比亚大学研究院和英国牛津大学研究宗教史、哲学、民俗学等。回国途中短期逗留印度，研究梵文及佛学。1927 年起任燕京大学教授、《燕京学报》编委，并在北京大学、清华大学兼课，后又在香港大学任教。抗日战争开始后，任中华全国文艺界抗敌协会香港分会常务理事，为抗日救国事业奔走呼号，展开各项组织和教育工作。后终因劳累过度而病逝。

许地山的主要作品有散文集《空山灵雨》，小说、散文集《缀网劳蛛》，散文集《危巢坠简》等。许地山是文学研究会中风格最为奇特的一位重要作家。“五四”时期也写作“问题小说”，关注人生问题，但他的答案往往揉进佛教教义和基督教哲学的宗教成分，并着意于异域情调和地方风物的描绘，故事情节生动，富于传奇性，显现出浪漫主义色彩。这一时期的小说既有批判封建主义的积极因素，又有宿命论的消极成分。“九・一八”以后，作家的写作转向写实，1934 年发表的短篇小说《春桃》以及后来发表的《铁鱼的鳃》，是两篇著名的现实主义作品，标志着作家思想和艺术的发展变化。当然，作家创作的发展也会出现曲折，《春桃》之后，许地山又创作了中篇《玉官》，以一个女基督教徒的经历为线索，从侧面反映了第一次国内革命战争时期农村的生活，小说充满宗教气氛，政治观点也有偏误。不过，总体而言，许地山的小说中，并没有宣扬任何特定宗教的教义。许地山有着将各种宗教“杂糅”的倾向，以艺术审美透视和过滤宗教，将宗教与宗教、宗教与人生融会贯通而形成其小说的宗教色彩，其底色乃是一种人生的态度。其后期小说《春桃》，虽然表面的宗教色彩已经非常淡薄，但是主人公应对人生所体现出来的内在精神气质，却没有丝毫变化。

许地山的处女作《命命鸟》发表于《小说月报》1921年第十二卷第一号。小说描写一对纯真的年轻人敏明和加陵因爱情受阻而希望转生“极乐国土”，双双殉情的故事。小说在貌似冷静的刻画中蕴藏着对封建礼教的强烈控诉，同时作者塑造的女主人公恬静自若地与爱人赴死，也是作者“生本不乐”、“涅槃归真”的佛教思想的具体反映。小说情节曲折，富传奇性，浪漫气息浓厚，环境背景又为异地缅甸，当时颇引起广大读者的兴趣。

作者的成名作《缀网劳蛛》于1922年发表，总体上继承了《命命鸟》的创作风格与特色。小说主人公尚洁本是个受婆婆虐待的童养媳，因长孙可望的帮助逃出了婆家，不得已嫁给了长孙可望，成了一个商人妇。婚后过着没有爱情和遭人毁谤的生活。一天，她出于博爱和怜悯，为跌伤的小偷包扎伤口，遭到丈夫猜忌，并被刺伤。她被迫离家，失去财产和孩子，过了三年多孤寂、劳苦的生活。后来丈夫在宗教感召下忏悔了自己的错误，接她回家。小说故事曲折而新奇，奇就奇在尚洁的言行包含着某种哲理，比较典型地体现了作者的人生观和宇宙观。尚洁是一位大彻大悟的人物，对世上的一切都无动于衷，安之若素，不以处境顺利为喜，也不以身处逆境为悲，因为她认为：人像蜘蛛，命运就像蛛网，人生的意义就在于像蜘蛛一样不停地补缀被外力毁坏的破网。这固然有达观进取的一面，但同时又消极地认为人终究不能掌握自己的命运，不能成为生活的主宰，“不晓得那网什么时候会破，和怎样破法”，所以，“或完或缺，只能听其自然罢了”。作者从人道主义和宗教博爱出发，表示了对下层人民特别是被侮辱被损害的妇女不幸命运的深切同情，以及对违反人道的黑暗社会的强烈不满，从一个侧面表现了“五四”反封建的民主主义精神。尚洁一生忍辱负重，也与受宗教和宿命思想影响有关，这当然是人物和整篇作品的局限所在。但许地山用宗教哲学思想来观照下层人民的苦难人生，把宗教伦理化，试图以宗教来净化人的灵魂，慰藉人的痛苦，还是有积极成分的，与一般宣扬迷信不同，故不应作简单的否定。《缀网劳蛛》熔哲理性、传奇性、抒情性于一炉，小说充满异域情调，展现东南亚的风光，用象征手法来暗示人生哲理，以情动人，表现出鲜明的浪漫主义倾向。

五四运动之后，许地山投身革命，思想发生巨大变化，开始强调用进取的精神来摆脱命运和礼教的束缚，争取合理的人生。发表于 1934 年《文学》第三卷第一号的短篇小说《春桃》正是这一转变的标志。作品描写一名刚毅、豁达的劳动妇女春桃如何在乱世中向命运挑战，靠捡烂纸谋生；又是如何果断坚决地面对生活中两个男人，高声宣布：“谁的媳妇，我都不是。”在她身上洋溢着沉着乐观、对生活充满自信的精神，以及反抗封建习俗的勇气。这些在许地山以往的作品中都是难以找到的。小说充满着浪漫主义色彩，情节生动，描写自然，堪称为许地山的代表作。

许地山的小说多以闽、台、粤和东南亚、印度为背景，充满南国风光、异域色彩，加之动人曲折的情节，构成了许地山小说问世之初最吸引人之处。同时，他的小说在浪漫传奇的外衣下有着深切的生命关怀，表达他对于社会、人生复杂而深刻的感悟，既有虚幻悲观的一面，又有坚韧达观的另一面，体现了他作为文学研究会人生派作家研究人生诸问题的探索精神，更显现出“五四”时期精神探索的多样性、复杂性，具有别具一格的启发价值。1921 年 7 月，许地山曾写作《创作的三宝和鉴赏的四依》来阐发自己的文艺创作观:“创作的三宝不是佛、法、僧,乃是与佛、法、僧同一范畴的智慧、人生和美丽。”因此,许地山的小说,可以说是这“三宝”的结晶。

除此之外,许地山还写了不少有特色的散文。它们分别收在《空山灵雨》和《杂感集》中。这些散文,有对自然景物的礼赞,也有对人生哲理的沉思,有对黑暗社会的憎恶,也有对受苦人的同情,……文字流畅而富理趣,抒写感触的地方很富于感染力。许地山的散文与他的小说一样,都是中国现代文学宝库中的珍品。

目 录
contents

批注式阅读范例

散文部分

小说部分

批注式阅读范例

黄昏后

批注空间

承欢、承懽两姊妹在山上采了一篓羊齿类的干草，是要用来编造果筐和花篮的。她们从那条崎岖的山径一步一步地走下来，刚到山腰，已是喘得很厉害，二人就把篓子放下，歇息一会。(1)

(1) 开篇交代故事发生的地点，为全文奠定了感情基调。

承欢的年纪大一点，所以她的精神不如妹妹那么活泼，只坐在一根横露在地面的榕树根上头；一手拿着手巾不歇地往脸上和脖项上揩拭。她的妹妹坐不一会，已经跑入树林里，低着头，慢慢找她心识中的宝贝去了。(2)

(2) 交代了姐妹俩不同的性格特征，为后文姐妹两在父亲面前不同的表现埋下伏笔。

喝醉了的太阳在临睡时，虽不能发出他固有的本领，然而还有余威把他的妙光长箭射到承欢这里。满山的岩石、树林、泉水，受着这妙光的赏赐，越觉得秋意阑珊了。汐涨的声音，一阵一阵地从海岸送来，远地的归鸟和落叶混着在树林里乱舞。(3) 承欢当着这个光景，她的眉、目、唇、舌也不觉跟着那些动的东西，在她那被日光熏黑了的面庞飞舞着。她高兴起来，心中的意思已经禁止不住，就顺口念着：“碧海无风涛自语；丹林映日叶思飞！……”还没有念完，她的妹妹就来到跟前，衣裾里兜着一堆的叶子，说：“姊

(3) 充满诗情画意的田园风光。夕阳晚照，秋意阑珊，群鸟归林，有着世外桃源的安宁与美好。

（4）妹妹年龄小，思想上更单纯幼稚，所以后文到家她承担的责任就小，做饭的任务自然落到姐姐身上。后来父亲给她们讲述母亲，妹妹的问题也就比较多了。

（5）姐姐的性格更稳重一些，思想也更成熟。已经意识到美好的东西可能一去不复返了。

（6）从两个天真烂漫、无忧无虑的女孩的视角出发，暗示了这篇文章写作的时代背景（甲午中日海战之失败），并为后来的故事情节的发展和父母亲的爱国情怀的叙述作铺垫。

姊，你自己坐在这里，和谁说话来？你也不去帮我捡捡叶子，那边还有许多好看的哪。”她说着，顺手把所得的枯叶一片一片地拿出来，说：“这个是蚶壳……这是海星……这是没有鳍的翻车鱼……这卷得更好看，是爸爸吸的淡芭菰……这是……”她还要将那些受她想象变化过的叶子，一一给姊姊说明；可是这样的讲解，除她自己以外，是没人愿意用工夫去领教的。(4)承欢不耐烦地说：“你且把它们搁在篓里罢，到家才听你的，现在我不愿意听咧。”承懽斜着眼瞧了姊姊一下，一面把叶子装在篓里，说：“姊姊不晓得又想什么了。在这里坐着，愿意自己喃喃地说话，就不愿意听我所说的！”承欢说：“我何尝说什么，不过念着爸爸那首《秋山晚步》罢了。”她站起来，说：“时候不早了，咱们走罢。你可以先下山去，让我自己提这篓子。”承懽说：“我不，我要陪着你走。”

二人顺着山径下来，从秋的夕阳渲染出来等等的美丽已经布满前路：霞色、水光、潮音、谷响、草香等更不消说；即如承欢那副不白的脸庞也要因着这个就增了几分本来的姿色。承欢虽是走着，脚步却不肯放开，生怕把这样晚景错过了似的。(5)她无意中说了声：“呀！妹妹，秋景虽然好，可惜大近残年咧。”承懽的年纪只十岁，自然不能懂得这位十五岁的姊姊所说的是什么意思。她就接着说：“挨近残年，有什么可惜不可惜的？越近残年越好，因为残年一过，爸爸就要给我好些东西玩，我也要穿新做的衣服——我还盼望它快点过去哪。”

她们的家就在山下，门前朝着南海。从那里，有时可以望见远地里一两艘法国巡舰在广州湾驶来驶去。姊妹们也说不清她们所住的到底是中国地，或是法国领土，不过时常理会那些法国水兵爱来村里胡闹罢了。(6)刚进门，承懽便叫一声：“爸爸，我们回来了！”平常她们一回来，父亲必要出来接她们，这一次不见他出来，(7) 承欢以为她父亲的注意是贯注在书本或雕刻上头，所以教妹妹不要声张，只好静静地走进来。承欢把篓子放下，就和妹妹到父亲屋里。

她们的父亲关怀所住的是南边那间屋子，靠壁三五架书籍。又陈设了许多大理石造像——有些是买来的，有些是自己创作的。从这技术室进去就是卧房。二人进去，见父亲不在那里。承欢向壁上一望，就对妹妹说："爸爸又拿着基达尔出去了。你到妈妈坟上，瞧他在那里不在。我且到厨房弄饭，等着你们。"(8)

她们母亲的坟墓就在屋后自己的荔枝园中。承懽穿过几棵荔枝树，就听见一阵基达尔的乐音，和着她父亲的歌喉。她知道父亲在那里，不敢惊动他的弹唱，就蹑着脚步上前。(9) 那里有一座大理石的坟头，形式虽和平常一样，然而西洋的风度却是很浓的。瞧那建造和雕刻的工夫，就知道平常的工匠决做不出来，一定是关怀亲手所造的。那墓碑上不记年月，只刻着"佳人关山恒媚"，下面一行小字是"夫关怀手泐"。承懽到时，关怀只管弹唱着，像不理会他女儿站在身旁似的。直等到西方的回光消灭了，他才立起来，一手挟着乐器，一手牵着女儿，从园里慢慢地走出来。

一到门口，承懽就嚷着："爸爸回来了！"她姊姊走出来，把父亲手里的乐器接住，且说："饭快好啦，你们先到厅里等一会，我就端出来。"关怀牵着承懽到厅里，把头上的义辫脱下，挂在一个衣架上头，回头他就坐在一张睡椅上和承懽谈话。他的外貌像一位五十岁左右的日本人，因为他的头发很短，两撇胡子也是含着外洋的神气。停一会，承欢端饭出来，关怀说："今晚上咱们都回得晚。方才你妹妹说你在山上念什么诗；我也是在书架上偶然捡出十几年前你妈妈写给我的《自君之出矣》，我曾把这十二首诗入了乐谱，你妈妈在世时很喜欢听这个，到现在已经十一二年不弹这调了。(10) 今天偶然被我翻出来，所以拿着乐器走到

(7) 平时爸爸是出来迎接我们的，所以我们可以想象，一对天真烂漫的女儿回家，慈爱的父亲出门迎接，这是一幅多么温馨和谐的画面啊。

(8) 没有妈妈的家庭，觉得是非常不完整的。一般这样的家庭，儿女的成长会不完善，生活上也没有好的习惯。但在文章可看到，家庭中成员之间有惊人的默契，各项工作也能井然有序地进行，可见父亲对于女儿的教导是成功的，这实属不易。

(9) 通过细节描写，表现了女儿听话、懂事和对父亲尊敬爱戴的形象。

(10) 这种朴实而又深情的举动使其对与妻子之间的爱情的珍视不言而喻。

她坟上再唱给她听，唱得高兴，不觉反复了几遍，连时间也忘记了。”承欢说：“往时爸爸到墓上奏乐，从没有今天这么久，这诗我不曾听过……”承懽插嘴说：“我也不曾听过。”承欢接着说：“也许我在当时年纪太小不懂得。今晚上的饭后谈话，爸爸就唱一唱这诗，且给我们说说其中的意思罢。”关怀说：“自你四岁以后，我就不弹这调了，你自然是不曾听过的。”他抚着承懽的头，笑说：“你方才不是听过了吗？”承懽摇头说：“那不算，那不算。”他说：“你妈妈这十二首诗没有什么可说的，不如给你们说咱们在这里住着的缘故罢。”(12

（11）一家三口的生活是其乐融融的，父亲更是和蔼可亲，疼爱女儿，从不厌烦。开始回忆爱妻的故事。

吃完饭，关怀仍然倚在睡椅下头，手里拿着一枝雪茄，且吸且说。这老人家在灯光之下说得眉飞目舞，教姊妹们的眼光都贯注在他脸上，好像藏在叶下的猫儿凝神守着那翩飞的蝴蝶一般。

关怀说：“我常愿意给你们说这事，恐怕你们不懂得，所以每要说时，便停止了。咱们住在这里，不但邻舍觉得奇怪，连阿欢，你的心里也是很诧异的。现在你的年纪大了，也懂得一点世故了，我就把一切的事告诉你们罢。”(12)

（12）照应上文阿欢的性格特征。

“我从法国回到香港，不久就和你妈妈结婚。那时刚要和东洋打仗，邓大人聘了两个法国人做顾问，请我到兵船里做通译。我想着，我到外洋是学雕刻的，通译，哪里是我做得来的事，当时就推辞他。无奈邓大人一定要我去，我碍于情面也就允许了。你妈妈虽是不愿意，因为我已允许人家，所以不加拦阻。她把脑后的头发截下来，为我做成那条假辫。”他说到这里，就用雪茄指着衣架，接着说：“那辫子好像叫卖的幌子，要当差事非得带着它不可。那东西被我用了那么些年，已修理过好几次，也许现在所有的头发没有一根是你妈妈的哪。”(13)

（13）父亲心地善良、为国家着想。在国家有难时，年轻的关怀勇敢地接受邓世昌大人的任命，担任翻译。

“到上海的时候，那两个法国人见势不佳，没有就他的聘。他还劝我不用回家，日后要用我做别的事，所以我就暂住在上海。我在那里，时常听见不好的消息，直到邓大人在威海卫阵亡时，我才回来。那十二首诗就是我入门时，你妈妈送给我的。”(14)

承欢说：“诗里说的都是什么意思？”关怀说：“互相赠与的诗，无论如何，第三个人是不能理会，连自己也不能解释给人听的。那诗还搁在书架上，你要看时，明天可以拿去念一念。我且给你说此后我和你妈妈的事。”

“自那次打败仗，我自己觉得很羞耻，就立意要隔绝一切的亲友，跑到一个孤岛里居住，为的是要避掉种种不体面的消息，教我的耳朵少一点刺激。你妈妈只劝我回硇州去，但我很不愿意回那里去，以后我们就定意要搬到这里来。这里离硇州虽是不远，乡里的人却没有和我往来，我想他们必是不知道我住在这里。

“我们买了这所房子，连后边的荔枝园。二人就在这里过很欢乐的日子。在这里住不久，你就出世了。我们给你起个名字叫承欢……”承懽紧接着问：“我呢？”关怀说：“还没有说到你咧，你且听着，待一会才给你说。”(15)

他接着说：“我很不愿意雇人在家里做工，或是请别人种地给我收利。但耨田插秧的事都不是我和你妈妈做得来的，所以我们只好买些果树园来做生产的源头，西边那丛椰子林也是在你一周岁时买来做纪念的。那时你妈妈每日的功课就是乳育你，我在技术室做些经常的生活以外，有工夫还出去巡视园里的果树。好几年的工夫，我们都是这样地过，实在快乐啊！”

“唉，好事是无常的！我们在这里住不上五年，这一片地方又被法国占据了！当时我又想搬到别处去，为的是要回避这种羞耻，谁知这事不能由我做主，好像我的命运就是这样，要永远住在这蒙羞的土地似的。”关怀说到这里，声音渐渐低微，那忧愤的情绪

(14)通过“十二首诗”和“头发”可看出，关怀对妻子的绵绵深情，对妻子的东西一直是视之如珍宝。

(15)真挚浓厚的夫妻之情的背后，暗含着的是浓郁的爱国主义情怀，这两种感情水乳交融，使作品言有尽，而意无穷。

直把眼睑报下一半，同时他的视线从女儿的脸上移开，也被地心引力吸住了。(16)

（16）神仙眷侣似的幸福美好生活没多久，就被外族入侵，表达的是在多事之秋的年代，个人的命运是与祖国紧密相连的，即在祖国内忧外患之时，个人的安宁只是短暂的。

承懽不明白父亲的心思，尽说：“这地方很好，为什么又要搬呢？”承欢说：“啊，我记得爸爸给我说过，妈妈是在那一年去世的。”关怀说：“可不是！从前搬来这里的时候，你妈妈正怀着你，因为风波的颠簸，所以临产时很不顺利，这次可巧又有了阿懽，我不愿意像从前那么唐突，要等她产后才搬。可是她自从得了租借条约签押的消息以后，已经病得支持不住了。”那声音的颤动，早已把承欢的眼泪震荡出来。然而这老人家却没有显出什么激烈的情绪，只皱一皱他的眉头而已。

他往下说：“她产后不上十二个时辰就……”承懽急急地问：“是养我不是？”他说：“是。因为你出世不久，你妈妈便撇掉你，所以给你起个名字做阿懽，懽就是忧而无告的意思。”

这时，三个人缄默了一会。门前的海潮音，后园的蟋蟀声，都顺着微风从窗户间送进来。桌上那盏油灯本来被灯花堵得火焰如豆一般大，这次因着微风，更是闪烁不定，几乎要熄灭了。(17) 关怀说：“阿欢，你去把窗户关上，再将油灯整理一下。……小妹妹也该睡了，回头就同她到卧房去罢。”(18)

（17）环境的渲染，总是能使氛围更加和谐。

（18）第一次催女儿早点回去睡觉，看到一位父亲对女儿无微不至的关怀，细致、耐心又平易近人。

不论什么人都喜欢打听父母怎样生育他，好像念历史的人爱读开天辟地的神话一样。承懽听到这个去处，精神正在活泼，哪里肯去安息。她从小凳子上站起来，顺势跑到父亲面前，且坐在他的膝上，尽力地摇头说：“爸爸还没有说完哪。我不困，快往下说罢。”承欢一面关窗，一面说：“我也愿意再听下去，爸爸就接着说罢。今晚上迟一点睡也无妨。”她把灯芯弄好，仍回原位坐下，注神瞧着她的父亲。

油灯经过一番收拾，越显得十分明亮，关怀的眼睛忽然移到屋角一座石像上头。他指着对女儿说：“那就是你妈妈去世前两三点钟的样子。”承懽说：“姊姊也曾给我说过那是妈妈，但我准知道爸爸屋里那个才是。我不信妈妈的脸难看到这个样子。”他抚着承懽的颅顶说：“那也是好看的。你不懂得，所以说她不好看。”他越说越远，几乎把方才所说的忘掉，幸亏承欢再用话语提醒他，他老人家才接续地说下去。(19)

他说：“我的搬家计划，被你妈妈这一死就打消了。她的身体已藏在这可羞的土地，而且你和阿懽年纪又小，服事你们两个小姊妹还忙不过来，何况搬东挪西地往外去呢？因此，我就定意要终身住在这里，不想再搬了。”(20)

“我是不愿意雇人在家里为我工作的。就是乳母，我也不愿意雇一个来乳育阿懽。我不信男子就不会养育婴孩，所以每日要亲自尝试些乳育的工夫。”承懽问：“爸爸，当时你有奶子给我喝吗？”关怀说：“我只用牛乳喂你。然而男子有时也可以生出乳汁的。……阿欢，我从前不曾对你说过孟景休的事么？”承欢说：“是，他是一个孝子，因为母亲死掉，留下一个幼弟，他要自己做乳育工夫，果然有乳浆从他的乳房溢出来。”关怀笑说：“我当时若不是一个书呆子，就是这事一定要孝子才办得到，贞夫是不许做的。我每每抱着阿懽，让她啜我的乳头，看看能够溢出乳浆不能，但试来试去，都不成功。养育的工夫虽然是苦，我却以为这是父母二人应当共同去做的事情，不该让为母的独自担任这番劳苦。”(21)

承欢说：“可是这事要女人去做才合宜。”

“是的。自从你妈妈没了以后，别样事体倒不甚棘手，对于你所穿的衣服总觉得肮脏和破裂得非常的快。我自己也不会做针黹，整天要为你求别人缝补。这几乎又要把我所不求人的理想推翻了！当时有些邻人劝我为你们续娶一个……”

承欢说：“我们有一位后娘倒好。”

(19) 关怀对妻子的忠贞更加表现在死后的情愫，终身不再娶，温暖人心。

(20) 妻子死在丧权辱国之秋，表现关怀的爱国主义情感的真挚和深沉。

(21) 关怀对女儿倍加关心和疼爱，也看出父爱的博大情怀。作者将自己的悲伤和哀婉的体验融入作品，使得小说的情感及其饱满。

（22）对亡妻的深情怀念和忠贞的守护，谱出一曲哀婉动人的爱情之歌。

那老人家瞪着眼，口里尽力地吸着雪茄，少停，他的声音就和青烟一齐冒出来。他郑重地说："什么？一个人能像禽兽一样，只有生前的恩爱，没有死后的情愫吗？"（22）

从他口里吐出来的青烟早已触得承懽康康地咳嗽起来。她断续地说："爸爸的口直像王家那个破灶，闷得人家的眼睛和喉咙都不爽快。"关怀拍着她的背说："你真会用比方！……这是从外洋带回来的习惯，不吸它也罢，你就拿去搁在烟盂里罢。"承懽拿着那枝雪茄，忽像想起什么事似的，她走到屋里把所捡的树叶拿出来，对父亲说："爸爸吸这一枝罢，这比方才那枝好得多。"她父亲笑着把叶子接过去，仍教承懽坐在膝上，眼睛望着承欢说："阿欢，你以再婚为是么？"他的女儿自然不能回答，也不敢回答这重要的问题。她只嘿嘿地望着父亲两只灵活的眼睛，好像要听那两点微光的回答一样。那回答的声音果如从父亲的眼光中发出来——他凝神瞧着承欢说："我想你也不以为然。一个女人再醮，若是人家要轻看她，一个男子续娶，难道就不应当受轻视吗？所以当时凡有劝我续弦的，都被我拒绝了。我想你们没有母亲虽是可哀，然而有一个后娘更是不幸的。"（23）

（23）直接把怀念亡妻的深挚感情披露在读者面前，把超越生死的爱情和无尽的思念表达得淋漓尽致。

门前的海潮音，后园的蟋蟀声，加上檐牙的铁马和树上的夜啼鸟，这几种声音直像强盗一样，要从门缝窗隙间闯进来捣乱他们的夜谈。那两个女孩子虽不理会，关怀的心却被它们抢掠去了。他的眼睛注视着窗外那似树如山的黑影。耳中听着那钟铮铮铛铛、嘶嘶嗦嗦、汩汩稳稳的杂响，口里说："我一听见铁马的音响，就回想到你妈妈做新娘时，在洞房里走着，那脚钏铃铛的声音。那声音虽有大小的分别，风味却差不多。"（24）

（24）叙事、写景和作者的情感达到了水乳交融。

他把射到窗外的目光移到承欢身上，说："你妈妈姓山，所以我在日间或夜间偶然瞧见尖锥形的东西就想着山，就想着她。在我心目中的感觉，她实在没死，不过是怕遇见更大的羞耻，所以躲藏着，但在人静的时候，她仍是和我在一处的。她来的时候，也去瞧你们，也和你们谈话，只是你们都像不大认识她一样，有时还不瞅睬她。”承懽说：“妈妈一定是在我们睡熟时候来的，若是我醒时，断没有不瞅睬她的道理。”那老人家抚着这幼女的背说：“是的。你妈妈常夸奖你，说你聪明，喜欢和她谈话，不像你姊姊越大就越发和她生疏起来。”承欢知道这话是父亲造出来教妹妹喜欢的，所以她笑着说：“我心里何尝不时刻惦念着妈妈呢？但她一来到，我怎么就不知道，这真是怪事！”(25)

关怀对着承欢说：“你和你妈妈离别时年纪还小，也许记不清她的模样，可是你须知道，不论要认识什么物体都不能以外貌为准的，何况人面是最容易变化的呢？你要认识一个人，就得在他的声音、容貌之外找寻，这形体不过是生命中极短促的一段罢了。树木在春天发出花叶，夏天结了果子，一到秋冬，花、叶、果子多半失掉了，但是你能说没有花、叶的就不是树木么？池中的蝌蚪，渐渐长大成为一只蛤蟆，你能说蝌蚪不是小蛤蟆么？无情的东西变得慢，有情的东西变得快。故此，我常以你妈妈的坟墓为她的变化身，我觉得她的身体已经比我长得大，比我长得坚强，她的声音，她的容貌，是遍一切处的。我到她的坟上，不是盼望她那卧在土中的肉身从墓碑上挺起来，我瞧她的身体就是那个坟墓，我对着那墓碑就和在这屋对你们说话一样。”(26)

承懽说：“哦，原来妈妈不是死，是变化了。爸爸，你那么爱妈妈，但她在这变化的时节，也知道你是疼爱她的么？”

“她一定知道的。”

承懽说：“我每到爸爸屋里，对着妈妈的遗像叫唤、抚摩，有时还敲打她几下。爸爸，若是那像真是妈妈，

(25) 在关怀心中，妻子并没有远离他，而是一直存在他的世界里，无处不在。

(26) 在关怀的心里，太太存在于任何地方，不拘泥于形体。

她肯让我这样抚摩和敲打么？她也能疼爱我，像你疼我一样么？”

关怀回答说：“一定很喜欢。你妈妈连我这么高大，她还十分疼爱，何况你是一个聪明伶俐的小孩子！妈妈的疼爱比爸爸大得多。你睡觉的时候，爸爸只能给你垫枕、盖被；若是妈妈，一定要将她那只滑腻而温暖的手臂给你枕着，还要搂着你，教你不惊不慌地安睡在她怀里。你吃饭的时候，爸爸只能给你预备小碗、小盘；若是妈妈，一定要把她那软和而常摇动的膝头给你做凳子，还要亲手递好吃的东西到你口里。你所穿的衣服，爸爸只能为你买些时式的和贵重的；若是妈妈，一定要常常给你换新样式，她要亲自剪裁，亲自刺绣，要用最好看的颜色——就是你最喜欢的颜色——给你做上。妈妈的疼爱实在比爸爸的大得多！”(27)

（27）关怀用自己善良、宽容、自信、大度、和蔼来无声地教育自己的两个女儿，两个女儿也必将成长成知书识礼、良善、勤劳的少女。

承懽坐在父亲膝上，一听完这段话，她的身体的跳荡好像骑在马上一样。她一面摇着身子，一面拍着自己两只小腿，说：“真的吗？她为何不对我这样做呢？爸爸，快叫妈妈从坟里出来罢。何必为着这蒙羞的土地就藏起来，不教她亲爱的女儿和她相会呢？从前我以为妈妈的脾气老是那个样子：两只眼睛瞧着人，许久也不转一下；和她说话也不答应；要送东西给她，她两只手又不知道往哪里去，也不会伸出来接一接，所以我想她一定是不懂人情的。现在我就知道她不是无知的。爸爸，你为我到坟里把妈妈请出来罢，不然，你就把前头那扇石门挪开，让我进去找她。爸爸曾说她在晚间常来，待一会，她会来么？”

关怀把她亲了一下，说：“好孩子，你方才不是说你曾叫过她？摸过她，有时还敲打她么？她现在已经变成那个样子了，纵使你到坟墓里去找她也是找不着的。她常在我屋里，常在那里（他指着屋角那石像），常在你心里，常在你姊姊心里，常在我心里。你和她说话或送东西给她时，她虽像不理你，其实她疼爱你，已经领受你的敬意。你若常常到她面前，用你的孝心、你的诚意供献给她，日子久了，她心喜欢让你见着她的容貌。她要用妩媚的眼睛瞧着你，要开口对你发言，她那坚硬而白的皮肤要化为柔软娇嫩，好像你的身体一样。待一会，她一定来，可是不让你瞧见她，因为她先要瞧瞧你对于她的爱心怎样，然后叫你瞧见她。”(28)

(28) 洋溢着父亲对女儿真实细腻而又感人的爱。

承欢也随着对妹妹证明说：“是，我像你那么大的时候，也很愿意见妈妈一面。后来我照着爸爸的话去做，果然妈妈从石像座儿走下来，搂着我和我谈话，好像现在爸爸搂着你和你谈话一样。”

承懽把右手的食指含在口里，一双伶俐的小眼射在地上，不歇地转动，好像了悟什么事体，还有所发明似的。她抬头对父亲说：“哦，爸爸，我明白了。以后我一定要格外地尊敬妈妈那座造像，盼望她也能下来和我谈话。爸爸，比如我用尽我的孝敬心来服侍她，她准能知道么？”

“她一定知道的。”

“那么，方才所捡那些叶子，若是我好好地把它们藏起来，一心供养着，将来它们一定也会变成活的海星、瓦楞子或翻车鱼了。”关怀听了，莫名其妙。承欢就说：“方才妹妹捡了一大堆的干叶子，内中有些像鱼的，有些像螺贝的，她问的是那些东西。”关怀说：“哦，也许会，也许会。”承懽要立刻跳下来，把那些叶子搬来给父亲瞧，但她的父亲说：“你先别拿出来，明天我才教给你保存它们的方法。”

关怀生怕他的爱女晚间说话过度，在睡眠时做梦，就劝承懽说：“你该去睡觉啦。我和你到屋里去罢。明早起来，我再给你说些好听的故事。”承懽说：“不，我不。爸爸还没有说完呢，我要听完了才睡。”关怀说：“妈妈的事长着呢，若是要说，一年也说不完，明天晚上再接下去说罢。”那小女孩于是从父亲膝上跳下来，拉着父亲的手，说：“我先要到爸爸屋里瞧瞧那个妈妈。”关怀就和她进去。(29)

（29）一位父亲对女儿的不是母爱又甚于母爱的博大情怀。

他把女儿安顿好，等她睡熟，才回到自己屋里。他把外衣脱下，手里拿着那个　囊，和腰间的玉佩，把玩得不忍撒手，料想那些东西一定和他的亡妻关山恒媚很有关系。他们的恩爱公案必定要在临睡前复讯一次。他走到石像前，不歇用手去摩弄那坚实而无知的物体，且说：“多谢你为我留下这两个女孩，教我的晚景不至过于惨淡。不晓得我这残年要到什么时候才可以过去，速速地和你同住在一处。唉！你的女儿是不忍离开我的，要她们成人，总得在我们再会之后。我现在正浸在父亲的情爱中，实在难以解决要怎样经过这衰弱的残年，你能为我和从你身体分化出来的女儿们打算么？”

他静静地站在那里，好像很注意听着那石像的回答。可是那用手造的东西怎样发出她的意思，我们的耳根太钝，实在不能听出什么话来。

他站了许久，回头瞧见承欢还在北边的厅里编织花篮，两只手不停地动来动去，口里还低唱着她的工夫歌。他从窗门对女儿说：“我儿，时候不早了，明天再编罢。今晚上妹妹话说得过多，恐怕不能好好地睡，你得留神一点。”承欢答应一声，就把那个未做成的篮子搁起来，把那盏小油灯拿着到自己屋里去了。(30)

（30）父亲对女儿的爱真挚感人。

灯光被承欢带去以后，满屋都被黑暗充塞着。秋萤一只两只地飞入关怀的卧房，有时歇在石像上头。那光的闪烁，可使关山恒媚的脸对着她的爱者发出一度一度的流盼和微笑。但是从外边来的，还有汩稳的海潮音，嘶嗦的蟋蟀声，铮铛的铁马响，那可以说是关山恒媚为这位老鳏夫唱的催眠歌曲。(31)

（31）作者用传奇的故事曲折性地反映了时代和社会的动荡性，表现了拳拳的爱国之情。

黄庆发　批注

批注空间

心有事

心有事，无计问天。
心事郁在胸中，教我怎能安眠?
我独对着空山，眉更不展；
我魂飘荡，犹如出岫残烟。
想起前事，我泪就如珠脱串。
独有空山为我下雨涟涟。
我泪珠如急雨，急雨犹如水晶箭；
箭折，珠沉，融作山溪泉。
做人总有多少哀和怨，
积怨成泪，泪又成川！
今日泪、雨交汇入海，海涨就要沉没赤县，
累得那只抱恨的精卫拼命去填。
呀，精卫！你这样做，虽经万劫也不能遂愿；
不如咒海成冰，使他像铁一样坚。
那时节，我要和你相依恋，
各人才对立着，沉默无言。

蛇

在高可触天的桄榔树下。我坐在一条石凳上，动也不动一下。穿彩衣的蛇也蟠在树根上，动也不动一下。多会让我看见它，我就害怕得很，飞也似的离开那里，蛇也和飞箭一样，射入蔓草中了。

我回来，告诉妻子说："今儿险些不能再见你的面！"

"什么原故？"

"我在树林见了一条毒蛇，一看见他，我就速速跑回来；蛇也逃走了。……到底是我怕它，还是它怕我？"

妻子说："若你不走，谁也不怕谁。在你眼中，它是毒蛇；在它眼中，你比它更毒呢。"

但我心里想着，要两方互相惧怕，才有和平。若有一方大胆一点，不是它伤了我，便是我伤了它。

笑

我从远地冒着雨回来。因为我妻子心爱的一样东西让我找着了，我得带回来给她。

一进门，小丫头为我收下雨具，老妈子也借故出去了。我对妻子说：“相离好几天，你闷得慌吗？……呀，香得很！这是从哪里来的？”

“窗棂下不是有一盆素兰吗？”

我回头看，几箭兰花在一个汝窑钵上开着。我说：“这盆花多会移进来的？这么大雨天，还能开得那么好，真是难得啊！……可是我总不信那些花有如此的香气。”

我们并肩坐在一张紫檀榻上。我还往下问：“良人，到底是兰花的香，是你的香？”

“到底是兰花的香，是你的香？让我闻一闻。”她说时，亲了我一下。小丫头看见了，掩着嘴笑，翻身揭开帘子，要往外走。

“玉耀，玉耀，回来。”小丫头不敢不回来，但，仍然抿着嘴笑。

“你笑什么？”

“我没有笑什么。”

我为她们排解说：“你明知道她笑什么，又何必问她呢，饶了她罢。”

妻子对小丫头说：“不许到外头瞎说。去罢，到园里给我摘些瑞香来。”

小丫头抿着嘴出去了。

批注空间

三　迁

花嫂子着了魔了！她只有一个孩子，舍不得教他入学。她说：“阿同的父亲是因为念书念死的。”

阿同整天在街上和他的小伙伴玩：城市中应有的游戏，他们都玩过。他们最喜欢学警察、人犯、老爷、财主、乞丐。阿同常要做人犯，被人用绳子捆起来，带到老爷跟前挨打。

一天，给花嫂子看见了，说：“这还了得！孩子要学坏了。我得找地方搬家。”

她带着孩子到村庄里住。孩子整天在阡陌间和他的小伙伴玩：村庄里应有的游戏，他们都玩过。他们最喜欢做牛、马、牧童、肥猪、公鸡。阿同常要做牛，被人牵着骑着，鞭着他学耕田。

一天，又给花嫂子看见了，就说：“这还了得！孩子要变畜生了。我得找地方搬家。”

她带孩子到深山的洞里住。孩子整天在悬崖断谷间和他的小伙伴玩。他的小伙伴就是小生番、小猕猴、大鹿、长尾三娘、大蛱蝶。他最爱学鹿的跳跃，猕猴的攀缘，蛱蝶的飞舞。

有一天，阿同从悬崖上飞下去了。他的同伴小生番来给花嫂子报信，花嫂子说：“他飞下去么？那么，他就有本领了。”

呀，花嫂子疯了！

香

妻子说："良人，你不是爱闻香么？我曾托人到鹿港去买上好的沉香线；现在已经寄到了。"她说着，便抽出妆台的抽屉，取了一条沉香线，燃着，再插在小宣炉中。

我说："在香烟绕缭之中，得有清谈。给我说一个生番故事罢。不然，就给我谈佛。"

妻子说："生番故事，太野了。佛更不必说，我也不会说。"

"你就随便说些你所知道的罢，横竖我们都不大懂得；你且说，什么是佛法罢。"

"佛法么？一色，一声，一香，一味，一触，一造作，一思维，都是佛法；唯有爱闻香的爱不是佛法。"

"你又矛盾了！这是什么因明？"

"不明白么？因为你一爱，便成为你的嗜好；那香在你闻觉中，便不是本然的香了。"

愿

南普陀寺里的大石，雨后稍微觉得干净，不过绿苔多长一些，天涯的淡霞好像给我们一个天晴的信。树林里的虹气，被阳光分成七色。树上，雄虫求雌的声，凄凉得使人不忍听下去。妻子坐在石上，见我来，就问：“你从哪里来？我等你许久了。”

“我领着孩子们到海边捡贝壳咧。阿琼捡着一个破贝，虽不完全，里面却像藏着珠子的样子。等他来到，我教他拿出来给你看一看。”

“在这树荫底下坐着，真舒服呀！我们天天到这里来，多么好呢！”

妻说：“你哪里能够……？”

“为什么不能？”

“你应当作荫，不应当受荫。”

“你愿我作这样的荫么？”

“这样的荫算什么！我愿你作无边宝华盖，能普荫一切世间诸有情；愿你为如意净明珠，能普照一切世间诸有情；愿你为降魔金刚杵，能破坏一切世间诸障碍；愿你为多宝盂兰盆，能盛百味，滋养一切世间诸饥渴者；愿你有六手，十二手，百手，千万手，无量数那由他如意手，能成全一切世间等美善事。”

我说：“极善，极妙！但我愿做调味的精盐，渗入等等食品中，把自己的形骸融散，且回复当时在海里的面目，使一切有情得尝咸味，而不见盐体。”

妻子说：“只有调味，就能使一切有情都满足吗？”

我说：“盐的功用，若只在调味，那就不配称为盐了。”

山响

群峰彼此谈得呼呼地响。它们的话语，给我猜着了。

这一峰说：“我们的衣服旧了，该换一换啦。”

那一峰说：“且慢罢，你看，我这衣服好容易从灰白色变成青绿色，又从青绿色变成珊瑚色和黄金色，——质虽是旧的，可是形色还不旧。我们多穿一会罢。”

正在商量的时候，它们身上穿的，都出声哀求说：“饶了我们，让我们歇歇罢。我们的形态都变尽了，再不能为你们争体面了。”

“去罢，去罢，不穿你们也算不得什么。横竖不久我们又有新的穿。”群峰都出着气这样说。说完之后，那红的、黄的彩衣就陆续褪下来。

我们都是天衣，那不可思议的灵，不晓得甚时要把我们穿着得非常破烂，才把我们收入天橱。愿他多用一点气力，及时用我们，使我们得以早早休息。

批注空间

愚妇人

从深山伸出一条蜿蜒的路，窄而且崎岖。一个樵夫在那里走着，一面唱：

鸧鹒，鸧鹒，来年莫再鸣！
鸧鹒一鸣草又生。
草木青青不过一百数十日，
到头来，又是樵夫担上薪。
鸧鹒，鸧鹒，来年莫再鸣！
鸧鹒一鸣虫又生。
百虫生来不过一百数十日，
到头来，又要纷纷扑红灯。
鸧鹒，鸧鹒，来年莫再鸣！
……

他唱时，软和的晚烟已随他的脚步把那小路封起来了，他还要往下唱，猛然看见一个健壮的老妇人坐在溪涧边，对着流水哭泣。

“你是谁？有什么难过的事？说出来，也许我能帮助你。”

“我么？唉！我……不必问了。”

樵夫心里以为她一定是个要寻短见的人，急急把担卸下，进前几步，想法子安慰她。他说：“妇人，你有什么难处，请说给我听，或者我能帮助你。天色不早了，独自一人在山中是很危险的。”

妇人说：“我从来就不知道什么叫作难过。自从我父母死后，我就住在这树林里。我的亲戚和同伴都叫我作石女。”她说到这里，眼泪就融下来了。往下她的话语就支离得怪难明白。过一会，她才慢慢说：“我……我到这两天才知道石女的意思。”

“知道自己名字的意思，更应当喜欢，为何倒反悲伤起来？”

“我每年看见树林里的果木开花，结实，把种子种在地里，又生出新果木来；我看见我的亲戚、同伴们不上二年就有一个孩子抱在她们怀里。我想我也要像这样——不上二年就可以抱一个孩子在怀里。我心里这样说，这样盼望，到如今，六十年了！我不明白，才打听一下。呀，这一打听，叫我多么难过！我没有抱孩子的希望了，……然而，我就不能像果木，比不上果木么？”

“哈，哈，哈！”樵夫大笑了，他说：“这正是你的幸运哪！抱孩子的人，比你难过得多，你为何不往下再向她们打听一下呢？我告诉你，不曾怀过胎的妇人是有福的。”

一个路旁素不相识的人所说的话，哪里能够把六十年的希望——迷梦——立时揭破呢？到现在，她的哭声，在樵夫耳边，还可以约略地听见。

批注空间

“小俄罗斯”的兵

短篱里头，一棵荔枝，结实累累。那朱红的果实，被深绿的叶子托住，更是美观；主人舍不得摘他们，也许是为这个缘故。

三两个漫游武人走来，相对说：“这棵红了，熟了，就在这里摘一点罢。”他们嫌从正门进去麻烦，就把篱笆拆开，大摇大摆地进前。一个上树，两个在底下接；一面摘，一面尝，真高兴呀！

屋里跑出一个老妇人来，哀声求他们说：“大爷们，我这棵荔枝还没有熟哩；请别作践它；等熟了，再送些给大爷们尝尝。”

树上的人说：“胡说，你不见果子已经红了么？怎么我们吃就是作践你的东西？”

“唉，我一年的生计，都看着这棵树。罢了，罢……”

“你还敢出声么？打死你算得什么；待一会，看把你这棵不中吃的树砍来做柴火烧，看你怎样。有能干，可以叫你们的人到广东吃去。我们那里也有好荔枝。”

唉，这也是战胜者、强者的权利么？

爱的痛苦

在绿荫月影底下，朗日和风之中，或急雨飘雪的时候，牛先生必要说他的真言，“啊，拉夫斯偏（即love's pain的译音）！”他在三百六十日中，少有不说这话的时候。

暮雨要来，带着愁容的云片，急急飞避；不识不知的蜻蜓还在庭园间遨游着。爱诵真言的牛先生闷坐在屋里，从西窗望见隔院的女友田和正抱着小弟弟玩。

姊姊把孩子的手臂咬得吃紧；擘他的两颊；摇他的身体；又掌他的小腿。孩子急得哭了。姊姊才忙忙地拥抱住他，推着笑说：“乖乖，乖乖，好孩子，好弟弟，不要哭。我疼爱你，我疼爱你！不要哭。”不一会孩子的哭声果然停了。可是弟弟刚现出笑容，姊姊又该咬他、擘他、摇他、掌他咧。

檐前的雨好像珠帘，把牛先生眼中的对象隔住。但方才那种印象，却萦回在他眼中。他把窗户关上，自己一人在屋里踱来踱去。最后，他点点头，笑了一声，“哈，哈！这也是拉夫斯偏！”

他走近书桌子，坐下，提起笔来，像要写什么似的。想了半天，才写上一句七言诗。他念了几遍，就摇头，自己说：“不好，不好。我不会做诗，还是随便记些起来好。”

牛先生将那句诗涂掉以后，就把他的日记拿出来写。那天他要记的事情格外多。日记里应用的空格，他在午饭后，早已填满了。他裁了一张纸，写着：

批注空间

黄昏，大雨。田在西院弄她的弟弟，动起我一个感想，就是：人都喜欢见他们所爱者的愁苦；要想方法教所爱者难受。所爱者越难受，爱者越喜欢，越加爱。

一切被爱的男子，在他们的女人当中，直如小弟弟在田的膝上一样。他们也是被爱者玩弄的。

女人的爱最难给，最容易收回去。当她把爱收回去的时候，未必不是一种游戏的冲动；可是苦了别人哪。

唉，爱玩弄人的女人，你何苦来这一下！愚男子，你的苦恼，又活该呢！

牛先生写完，复看一遍，又把后面那几句涂去，说："写得太过了，太过了！"他把那张纸付贴在日记上，正要起身，老妈子把哭着的孩子抱出来，一面说："姊姊不好，爱欺负人。不要哭，咱们找牛先生去。"

"姊姊打我！"这是孩子所能对牛先生说的话。

牛先生装作可怜的声音，忧郁的容貌，回答说："是么？姊姊打你么？来，我看看打到哪步田地？"

孩子受他的抚慰，也就忘了痛苦，安静过来了。现在吵闹的，只剩下外间急雨的声音。

信仰的哀伤

在更阑人静的时候，伦文就要到池边对他心里所立的乐神请求说："我怎能得着天才呢？我的天才缺乏了，我要表现的，也不能尽地表现了！天才可以像油那样，日日添注入我这盏小灯么？若是能，求你为我，注入些少。"

"我已经为你注入了。"

伦先生听见这句话，便放心回到自己的屋里。他舍不得睡，提起乐器来，一口气就制成一曲。自己奏了又奏，觉得满意，才含着笑，到卧室去。

第二天早晨，他还没有盥漱，便又把昨晚上的作品奏过几遍；随即封好，教人邮到歌剧场去。

他的作品一发表出来，许多批评随着在报上登载八九天。那些批评都很恭维他：说他是这一派，那一派。可是他又苦起来了！

在深夜的时候，他又到池边去，垂头丧气地对着池水，从口中发出颤声说："我所用的音节，不能达我的意思么？呀，我的天才丢失了！再给我注入一点罢。"

"我已经为你注入了。"

他屡次求，心中只听得这句回答。每一作品发表出来，所得的批评，每每使他忧郁不乐。最后，他把乐器摔碎了，说："我信我的天才丢了，我不再作曲子了。唉，我所依赖的，枉费你眷顾我了。"

自此以后，社会上再不能享受他的作品；他也不晓得往哪里去了。

暗途

“我的朋友，且等一等，待我为你点着灯，才走。”

吾威听见他的朋友这样说，便笑道：“哈哈，均哥，你以我为女人么？女人在夜间走路才要用火；男子，又何必呢？不用张罗，我空手回去罢，——省得以后还要给你送灯回来。”

吾威的村庄和均哥所住的地方隔着几重山，路途崎岖得很厉害。若是夜间要走那条路，无论是谁，都得带灯。所以均哥一定不让他暗中摸索回去。

均哥说：“你还是带灯好。这样的天气，又没有一点月影，在山中，难保没有危险。”

吾威说：“若想起危险，我就回去不成了。……”

“那么，你今晚上就住在我这里，如何？”

“不，我总得回去，因为我的父亲和妻子都在那边等着我呢。”

“你这个人，太过执拗了。没有灯，怎么去呢？”均哥一面说，一面把点着的灯切切地递给他。他仍是坚辞不受。

他说：“若是你定要叫我带着灯走，那教我更不敢走。”

“怎么呢？”

“满山都没有光，若是我提着灯走，也不过是照得三两步远；且要累得满山的昆虫都不安。若凑巧遇见长蛇也冲着火光走来，可又怎办呢？再说，这一点的光可以把那照不着的地方越显得危险，越能使我害怕。在半途中，灯一熄灭，那就更不好办了。不如我空着手走，初时虽觉得有些妨碍，不多一会，什么都可以在幽暗中辨别一点。”

他说完，就出门。均哥还把灯提在手里，眼看着他向密林

批注空间

中那条小路穿进去，才摇摇头说："天下竟有这样怪人！"

吾威在暗途中走着，耳边虽常听见飞虫、野兽的声音，然而他一点害怕也没有。在蔓草中，时常飞些萤火出来，光虽不大，可也够了。他自己说："这是均哥想不到，也是他所不能为我点的灯。"

那晚上他没有跌倒；也没有遇见毒虫野兽；安然地到他家里。

你为什么不来

在夭桃开透、浓荫欲成的时候，谁不想伴着他心爱的人出去游逛游逛呢？在密云不飞、急雨如注的时候，谁不愿在深闺中等她心爱的人前来细谈呢？

她闷坐在一张睡椅上，紊乱的心思像窗外的雨点——东抛，西织，来回无定。在有意无意之间，又顺手拿起一把九连环慵懒懒地解着。

丫头进来说："小姐，茶点都预备好了。"

她手里还是慵懒懒地解着，口里却发出似答非答的声："……他为什么还不来？"

除窗外的雨声，和她手中轻微的银环声以外，屋里可算静极了！在这幽静的屋里，忽然从窗外伴着雨声送来几句优美的歌曲：

你放声哭，
因为我把林中善鸣的鸟笼住么？
你飞不动，
因为我把空中的雁射杀么？
你不敢进我的门，
因为我家养狗提防客人么？
因为我家养猫捕鼠，
你就不来么？
因为我的灯火没有笼罩，

烧死许多美丽的昆虫，
你就不来么？
你不肯来，
因为我有……？

“有什么呢？”她听到末了这句，那紊乱的心就发出这样的问。她心中接着想：因为我约你，所以你不肯来；还是因为大雨，使你不能来呢？

批注空间

海

我的朋友说："人的自由和希望，一到海面就完全失掉了！因为我们太不上算，在这无涯浪中无从显出我们有限的能力和意志。"

我说："我们浮在这上面，眼前虽不能十分如意，但后来要遇着的，或者超乎我们的能力和意志之外。所以在一个风狂浪骇的海面上，不能准说我们要到什么地方就可以达到什么地方；我们只能把性命先保持住，随着波涛颠来簸去便了。"

我们坐在一只不如意的救生船里，眼看着载我们到半海就毁坏的大船渐渐沉下去。

我的朋友说："你看，那要载我们到目的地的船快要歇息去了！现在在这茫茫的空海中，我们可没有主意啦。"

幸而同船的人，心忧得很，没有注意听他的话。我把他的手摇了一下说："朋友，这是你纵谈的时候么？你不帮着划桨么？"

"划桨么？这是容易的事。但要划到哪里去呢？"

我说："在一切的海里，遇着这样的光景，谁也没有带着主意下来，谁也脱不了在上面泛来泛去。我们尽管划罢。"

梨　花

她们还在园里玩，也不理会细雨丝丝穿入她们的罗衣。池边梨花的颜色被雨洗得更白净了，但朵朵都懒懒地垂着。

姊姊说："你看，花儿都倦得要睡了！"

"待我来摇醒他们。"

姊姊不及发言，妹妹的手早已抓住树枝摇了几下。花瓣和水珠纷纷地落下来，铺得银片满地，煞是好玩。

妹妹说："好玩啊，花瓣一离开树枝，就活动起来了！"

"活动什么？你看，花儿的泪都滴在我身上哪。"姊姊说这话时，带着几分怒气，推了妹妹一下。她接着说："我不和你玩了；你自己在这里罢。"

妹妹见姊姊走了，直站在树下出神。停了半晌，老妈子走来，牵着她，一面走着，说："你看，你的衣服都湿透了；在阴雨天，每日要换几次衣服，教人到哪里找太阳给你晒去呢？"

落下来的花瓣，有些被她们的鞋印入泥中；有些粘在妹妹身上，被她带走；有些浮在池面，被鱼儿衔入水里。那多情的燕子不歇把鞋印上的残瓣和软泥一同衔在口中，到梁间去，构成它们的香巢。

难解决的问题

我叫同伴到钓鱼矶去赏荷，他们都不愿意去，剩我自己走着。我走到清佳堂附近，就坐在山前一块石头上歇息。在瞻顾之间，小山后面一阵唧咕的声音夹着蝉声送到我耳边。

谁愿意在优游的天日中故意要找出人家的秘密呢？然而宇宙间的秘密都从无意中得来。所以在那时候，我不离开那里，也不把两耳掩住，任凭那些声浪在耳边荡来荡去。

劈头一声，我便听得："这实是一个难解决的问题。……"

既说是难解决，自然要把怎样难的理由说出来。这理由无论是局内、局外人都爱听的。以前的话能否钻入我耳里，且不用说，单是这一句，使我不能不注意。

山后的人接下去说："在这三位中，你说要哪一位才合适？……梅说要等我十年；白说要等到我和别人结婚那一天；区说非嫁我不可，——她要终身等我。"

"那么，你就要区罢。"

"但是梅的景况，我很了解。她的苦衷，我应当原谅。她能为了我牺牲十年的光阴，从她的境遇看来，无论如何，是很可敬的。设使梅居区的地位，她也能说，要终身等我。"

"那么，梅、区都不要，要白如何？"

"白么？也不过是她的环境使她这样达观。设使她处着梅的景况，她也只能等我十年。"

会话到这里就停了。我的注意只能移到池上，静观那被轻风摇摆的芰荷。呀，叶底那对小鸳鸯正在那里歇午哪！不晓得它们从前也曾解决过方才的问题没有？不上一分钟，后面的声音又来了。

“那么，三个都要如何？”

“笑话，就是没有理性的兽类也不这样办。”

又停了许久。

“不经过那些无用的礼节，各人快活地同过这一辈子不成吗？”

“唔……唔……唔……这是后来的话，且不必提，我们先解决目前的困难罢。我实不肯故意辜负了三位中的一位。我想用拈阄的方法瞎挑一个就得了。”

“这不更是笑话么？人间哪有这么新奇的事！她们三人中谁愿意遵你的命令，这样办呢？”

他们大笑起来。

“我们私下先拈一拈，如何？你权当作白，我自己权当作梅，剩下是区的份。”

他们由严重的密语化为滑稽的谈笑了。我怕他们要闹下坡来，不敢逗留在那里，只得先走，钓鱼矶也没去成。

批注空间

债

他一向就住在妻子家里，因为他除妻子以外，没有别的亲戚。妻家的人爱他的聪明，也怜他的伶仃，所以万事都尊重他。

他的妻子早已去世，膝下又没有子女。他的生活就是念书、写字，有时还弹弹七弦。他决不是一个书呆子，因为他常要在书内求理解，不像书呆子只求多念。

妻子的家里有很大的花园供他游玩；有许多奴仆听他使令。但他从没有特意到园里游玩；也没有呼唤过一个仆人。

在一个阴郁的天气里，人无论在什么地方都不舒服的。岳母叫他到屋里闲谈，不晓得为什么缘故就劝起他来。岳母说："我觉得自从俪儿去世以后，你就比前格外客气。我劝你毋须如此，因为外人不知道都要怪我。看你穿成这样，还不如家里的仆人，若有生人来到，叫我怎样过得去？倘或有人欺负你，说你这长那短，尽可以告诉我，我责罚他给你看。"

"我哪里懂得客气？不过我只觉得我欠的债太多，不好意思多要什么。"

"什么债？有人问你算账么？唉，你太过见外了！我看你和自己的子侄一样，你短了什么，尽管问管家的要去；若有人敢说闲话，我定不饶他。"

"我所欠的是一切的债。我看见许多贫乏人、愁苦人，就如该了他们无量数的债一般。我有好的衣食，总想先偿还他们。世间若有一个人吃不饱足，穿不暖和，住不舒服，我也不敢公然独享这具足的生活。”

“你说得太玄了！”她说过这话，停了半晌才接着点头说：“很好，这才是读书人‘先天下之忧而忧’的精神。……然而你要什么时候才还得清呢？你有清还的计划没有？”

“唔……唔……”他心里从来没有想到这个，所以不能回答。

“好孩子，这样的债，自来就没有人能还得清，你何必自寻苦恼？我想，你还是做一个小小的债主罢。说到具足生活，也是没有涯岸的：我们今日所谓具足，焉知不是明日的缺陷？你多念一点书就知道生命即是缺陷的苗圃，是烦恼的秧田；若要补修缺陷，拔除烦恼，除弃绝生命外，没有别条道路。然而，我们哪能办得到？个个人都那么怕死！你不要作这种非非想，还是顺着境遇做人去罢。”

“时间，……计划，……做人……”这几个字从岳母口里发出，他的耳鼓就如受了极猛烈的椎击。他想来想去，已想昏了。他为解决这事，好几天没有出来。

那天早晨，女佣端粥到他房里，没见他，心中非常疑惑。因为早晨，他没有什么地方可去：海边呢？他是不轻易到的。花园呢？他更不愿意在早晨去。因为丫头们都在那个时候到园里争摘好花去献给她们几位姑娘。他最怕见的是人家毁坏现成的东西。

女佣四围一望，蓦地看见一封信被留针刺在门上。她忙取下来，给别人一看，原来是给老夫人的。

她把信拆开，递给老夫人。上面写着：

亲爱的岳母：

你问我的话，教我实在想不出好回答。而且，因你这一问，使我越发觉得我所负的债更重。我想做人若不能还债，就得避债，决不能教债主把他揪住，使他受苦。若论还债，依我的力量、才能，是不济事的。我得出去找几个帮忙的人。如果不能找着，再想法子。现在我去了，多谢你栽培我这么些年。我的前途，望你记念；我的往事，愿你忘却。

批注空间

我也要时时祝你平安。

婿容融留字

老夫人念完这信，就非常愁闷。以后，每想起她的女婿，便好几天不高兴。但不高兴尽管不高兴，女婿至终没有回来。

暾将出兮东方

在山中住，总要起得早，因为似醒非醒地眠着，是山中各样的朋友所憎恶的。破晓起来，不但可以静观彩云的变幻；和细听鸟语的婉转；有时还从山巅、树表、溪影、村容之中给我们许多不可说的愉快。

我们住在山压檐牙阁里，有一次，在曙光初透的时候，大家还在床上眠着，耳边恍惚听见一队童男女的歌声，唱道：

榻上人，应觉悟！
晓鸡频催三两度。
君不见——
“暾将出兮东方”，
微光已透前村树？
榻上人，应觉悟！

往后又跟着一节和歌：

暾将出兮东方！
暾将出兮东方！
会见新曦被四表，
使我乐兮无央。

那歌声还接着往下唱，可惜离远了，不能听得明白。

批注空间

啸虚对我说："这不是十年前你在学校里教孩子唱的么？怎么会跑到这里唱起来？"

我说："我也很诧异，因为这首歌，连我自己也早已忘了。"

"你的暮气满面，当然会把这歌忘掉。我看你现在要用赞美光明的声音去赞美黑暗哪。"

我说："不然，不然。你何尝了解我？本来，黑暗是不足诅咒，光明是毋须赞美的。光明不能增益你什么，黑暗不能妨害你什么，你以何因缘而生出差别心来？若说要赞美的话：在早晨就该赞美早晨；在日中就该赞美日中；在黄昏就该赞美黄昏；在长夜就该赞美长夜；在过去、现在、将来一切时间，就该赞美过去、现在、将来一切时间。说到诅咒，亦复如是。"

那时，朝曦已射在我们脸上，我们立即起来，计划那日的游程。

鬼　赞

你们曾否在凄凉的月夜听过鬼赞？有一次，我独自在空山里走，除远处寒潭的鱼跃出水声略可听见以外，其余种种，都被月下的冷露幽闭住。我的衣服极其润湿，我两腿也走乏了。正要转回家中，不晓得怎样就经过一区死人的聚落。我因疲极，才坐在一个祭坛上少息。在那里，看见一群幽魂高矮不齐，从各坟墓里出来。他们仿佛没有看见我，都向着我所坐的地方走来。

他们从这墓走过那墓，一排排地走着，前头唱一句，后面应一句，和举行什么巡礼一样。我也不觉得害怕，但静静地坐在一旁，听他们的唱和。

第一排唱："最有福的是谁？"

往下各排挨着次序应。

"是那曾用过视官，而今不能辨明暗的。"

"是那曾用过听官，而今不能辨声音的。"

"是那曾用过嗅官，而今不能辨香味的。"

"是那曾用过味官，而今不能辨苦甘的。"

"是那曾用过触官，而今不能辨粗细、冷暖的。"

各排应完，全体都唱："那弃绝一切感官的有福了！我们的骷髅有福了！"

第一排的幽魂又唱："我们的骷髅是该赞美的。我们要赞美我们的骷髅。"

领首的唱完，还是挨着次序一排排地应下去。

"我们赞美你，因为你哭的时候，再不流眼泪。"

批注空间

“我们赞美你，因为你发怒的时候，再不发出紧急的气息。”

“我们赞美你，因为你悲哀的时候再不皱眉。”

“我们赞美你，因为你微笑的时候，再没有嘴唇遮住你的牙齿。”

“我们赞美你，因为你听见赞美的时候再没有血液在你的脉里颤动。”

“我们赞美你，因为你不肯受时间的播弄。”

全体又唱：“那弃绝一切感官的有福了！我们的骷髅有福了！”

他们把手举起来一同唱：

“人哪，你在当生、来生的时候，有泪就得尽量流；有声就得尽量唱；有苦就得尽量尝；有情就得尽量施；有欲就得尽量取；有事就得尽量成就。等到你疲劳、等到你歇息的时候，你就有福了！”

他们诵完这段，就各自分散。一时，山中睡不熟的云直望下压，远地的丘陵都给埋没了。我险些儿也迷了路途，幸而有断断续续的鱼跃出水声从寒潭那边传来，使我稍微认得归路。

批注空间

春的林野

春光在万山环抱里，更是泄漏得迟。那里的桃花还是开着；漫游的薄云从这峰飞过那峰，有时稍停一会，为的是挡住太阳，教地面的花草在它的荫下避避光焰的威吓。

岩下的荫处和山溪的旁边满长了薇蕨和其他凤尾草。红、黄、蓝、紫的小草花点缀在绿茵上头。

天中的云雀，林中的金莺，都鼓起它们的舌簧。轻风把它们的声音挤成一片，分送给山中各样有耳无耳的生物。桃花听得入神，禁不住落了几点粉泪，一片一片凝在地上。小草花听得大醉，也和着声音的节拍一会倒，一会起，没有镇定的时候。

林下一班孩子正在那里捡桃花的落瓣哪。他们捡着，清儿忽嚷起来，道：“啊，邕邕来了！”众孩子住了手，都向桃林的尽头盼望。果然邕邕也在那里摘草花。

清儿道：“我们今天可要试试阿桐的本领了。若是他能办得到，我们都把花瓣穿成一串璎珞围在他身上，封他为大哥如何？”

众人都答应了。

阿桐走到邕邕面前，道：“我们正等着你来呢。”

阿桐的左手盘在邕邕的脖上，一面走一面说：“今天他们要替你办嫁妆，教你做我的妻子。你能做我的妻子么？”

邕邕狠视了阿桐一下，回头用手推开他，不许他的手再搭在自己脖上。孩子们都笑得支持不住了。

众孩子嚷道：“我们见过邕邕用手推人了！阿桐赢了！”

邕邕从来不会拒绝人，阿桐怎能知道一说那话，就能使她

批注空间

动手呢？是春光的荡漾，把他这种心思泛出来呢？或者，天地之心就是这样呢？

你且看：漫游的薄云还是从这峰飞过那峰。

你且听：云雀和金莺的歌声还布满了空中和林中。在这万山环抱的桃林中，除那班爱闹的孩子以外，万物把春光领略得心眼都迷蒙了。

花香雾气中的梦

在覆茅涂泥的山居里，那阻不住的花香和雾气从疏帘窜进来，直扑到一对梦人身上。妻子把丈夫摇醒，说："快起罢，我们的被褥快湿透了。怪不得我总觉得冷，原来太阳被囚在浓雾的监狱里不能出来。"

那梦中的男子，心里自有他的温暖，身外的冷与不冷他毫不介意。他没有睁开眼睛便说："哎呀，好香！许是你桌上的素馨露洒了罢？"

"哪里？你还在梦中哪。你且睁眼看帘外的光景。"

他果然揉了眼睛，拥着被坐起来，对妻子说："怪不得我净梦见一群女子在微雨中游戏。若是你不叫醒我，我还要往下梦哪。"

妻子也拥着她的绒被坐起来说："我也有梦。"

"快说给我听。"

"我梦见把你丢了。我自己一人在这山中遍处找寻你，怎么也找不着。我越过山后，只见一个美丽的女郎挽着一篮珠子向各树的花叶上头乱撒。我上前去向她问你的下落，她笑着问我：'他是谁，找他干什么？'我当然回答，他是我的丈夫，——"

"原来你在梦中也记得他！"他笑着说这话，那双眼睛还显出很滑稽的样子。

妻子不喜欢了。她转过脸背着丈夫说："你说什么话！你老是要挑剔人家的话语，我不往下说了。"她推开绒被，随即呼唤丫头预备脸水。

批注空间

丈夫速把她揪住，央求说："好人，我再不敢了。你往下说罢。以后若再饶舌，情愿挨罚。"

"谁稀罕罚你？"妻子把这次的和平画押了。她往下说："那女人对我说，你在山前柚花林里藏着。我那时又像把你忘了。"

"哦，你又……不，我应许过不再说什么的；不然，我就要挨罚了。你到底找着我没有？"

"我没有向前走，只站在一边看她撒珠子。说来也很奇怪：那些珠子粘在各花叶上都变成五彩的零露，连我的身体也沾满了。我忍不住，就问那女郎。女郎说：'东西还是一样，没有变化，因为你的心思前后不同，所以觉得变了。你认为珠子，是在我撒手之前，因为你想我这篮子决不能盛得露水。你认为露珠时，在我撒手之后，因为你想那些花叶不能留住珠子。我告诉你：你所认的不在东西，乃在使用东西的人和时间；你所爱的，不在体质，乃在体质所表的情。你怎样爱月呢？是爱那悬在空中已经老死的暗球么？你怎样爱雪呢？是爱他那种砭人肌骨的凛冽么？'"

"她一说到雪，我打了一个寒噤，便醒起来了。"

丈夫说："到底没有找着我。"

妻子一把抓住他的头发，笑说："这不是找着了吗？……我说，这梦怎样？"

"凡你所梦都是好的。那女郎的话也是不错。我们最愉快的时候岂不是在接吻后，彼此的凝视吗？"他向妻子痴笑，妻子把绒被拿起来，盖在他头上，说："恶鬼！这回可不让你有第二次的凝视。"

荼　蘼

我常得着男子送给我的东西，总没有当他们作宝贝看。我的朋友师松却不如此，因为她从不曾受过男子的赠与。

自鸣钟敲过四下以后，山上礼拜寺的聚会就完了。男男女女像出圈的羊，急要下到山坡觅食一般。那边有一个男学生跟着我们走，他的正名字我忘记了，我只记得人家都叫他作“宗之”。他手里拿着一枝荼蘼，且行且嗅。荼蘼本不是香花，他嗅着，不过是一种无聊举动便了。

“松姑娘，这枝荼蘼送给你。”他在我们后面嚷着。松姑娘回头看见他满脸堆着笑容递着那花，就速速伸手去接。她接着说：“很多谢，很多谢。”宗之只笑着点点头，随即从西边的山径转回家去。

“他给我这个，是什么意思？”

“你想他有什么意思，他就有什么意思。”我这样回答她。走不多远，我们也分途各自家去了。

她自下午到晚上不歇把弄那枝荼蘼。那花像有极大的魔力，不让她撒手一样。她要放下时，每觉得花儿对她说：“为什么离夺我？我不是从宗之手里递给你，交你照管的吗？”

呀，宗之的眼、鼻、口、齿、手、足、动作，没有一件不在花心跳跃着，没有一件不在她眼前的花枝显现出来！她心里说：“你这美男子，为甚缘故送给我这花儿？”她又想起那天经坛上的讲章，就自己回答说：“因为他顾念他使女的卑微，从今而后，万代要称我为有福。”

批注空间

这是她爱荼蘼花，还是宗之爱她呢？我也说不清，只记得有一天我和宗之正坐在榕树根谈话的时候，他家的人跑来对他说："松姑娘吃了一朵什么花，说是你给她的，现在病了。她家的人要找你去问话咧。"

他吓了一跳，也摸不着头脑，只说："我哪时节给她东西吃？这真是……！"

我说："你细想一想。"他怎么也想不起来。我才提醒他说："你前个月在斜道上不是给了她一朵荼蘼吗？"

"对呀，可不是给了她一朵荼蘼！可是我哪里教她吃了呢？"

"为什么你单给她，不给别人？"我这样问他。

他很直截地说："我并没有什么意思，不过随手摘下，随手送给别人就是了。我平素送了许多东西给人，也没有什么事；怎么一朵小小的荼蘼就可使她着了魔？"

他还坐在那里沉吟，我便促他说："你还能在这里坐着么？不管她是误会，你是有意，你既然给了她，现在就得去看她一看才是。"

"我哪有什么意思？"

我说："你且去看看罢。蚌蛤何尝立志要生珠子呢？也不过是外间的沙粒偶然渗入他的壳里，他就不得不用尽工夫分泌些黏液把那小沙裹起来罢了。你虽无心，可是你的花一到她手里，管保她不因花而爱起你来吗？你敢保她不把那花当作你所赐给爱的标识，就纳入她的怀中，用心里无限的情思把他围绕得非常严密吗？也许她本无心，但因你那美意的沙无意中掉在她爱的贝壳里，使她不得不如此。不用踌躇了，且去看看罢。"

宗之这才站起来，皱一皱他那副冷静的脸庞，跟着来人从林青的深处走出去了。

七宝池上的乡思

弥陀说："极乐世界的池上，
何来凄切的泣声？
迦陵频迦，你下去看看
是谁这样猖狂。"
于是迦陵频迦鼓着翅膀，
飞到池边一棵宝树上，
还歇在那里，引颈下望：
"咦，佛子，你岂忘了这里是天堂？
你岂不爱这里的宝林成行？
树上的花花相对，
叶叶相当？
你岂不闻这里有等等妙音充耳；
岂不见这里有等等庄严宝相？
住这样具足的乐土，
为何尽自悲伤？"
坐在宝莲上的少妇还自啜泣，合掌回答说：
"大士，这里是你的家乡，
在你，当然不觉得有何等苦况。
我的故土是在人间，
怎能教我不哭着想？

"我要来的时候，

批注空间

我全身都冷却了；
但我的夫君，还用他温暖的手将我搂抱；
用他融溶的泪滴在我额头。

“我要来的时候，
我全身都挺直了；
但我的夫君，还把我的四肢来回曲挠。

“我要来的时候，
我全身的颜色，已变得直如死灰；
但我的夫君还用指头压我的两颊，
看看从前的粉红色能否复回。

“现在我整天坐在这里，
不时听见他的悲啼。
唉，我额上的泪痕，
我臂上的暖气，
我脸上的颜色，
我全身的关节，
都因着我夫君的声音，
烧起来，溶起来了！
我指望来这里享受快乐，
现在反憔悴了！

“呀，我要回去，
我要回去，
我要回去止住他的悲啼。
我巴不得现在就回去止住他的悲啼。”

迦陵频迦说：
“你且静一静，
我为你吹起天笙，

批注空间

把你心中愁闷的垒块平一平；
且化你耳边的悲啼为欢声。
你且静一静，
我为你吹这天笙。”
“你的声不能变为爱的喷泉，
不能灭我身上一切爱痕的烈焰；
也不能变为忘的深渊，
使他将一切情愫投入里头，
不再将人惦念。
我还得回去和他相见，
去解他的眷恋。”
“呵，你这样有情，
谁还能对你劝说
向你拦禁？
回去罢，须记得这就是轮回因。”

弥陀说：“善哉，迦陵！
你乃能为她说这大因缘！
纵然碎世界为微尘，
这微尘中也住着无量有情。
所以世界不尽，有情不尽；
有情不尽，轮回不尽；
轮回不尽，济度不尽：
济度不尽，乐土乃能显现不尽。”

话说完，莲瓣渐把少妇裹起来，再合成一朵菡萏低垂着。微风一吹，她荏弱得支持不住，便堕入池里。

迦陵频迦好像记不得这事，在那花花相对、叶叶相当的林中，向着别的有情歌唱去了。

批注空间

银翎的使命

黄先生约我到狮子山麓阴湿的地方去找捕蝇草。那时刚过梅雨之期，远地青山还被烟霞蒸着，唯有几朵山花在我们眼前淡定地看那在溪涧里逆行的鱼儿喋着他们的残瓣。

我们沿着溪涧走。正在找寻的时候，就看见一朵大白花从上游顺流而下。我说："这时候，哪有偌大的白荷花流着呢？"

我的朋友说："你这近视鬼！你准看出那是白荷花么？我看那是……"

说时迟，来时快，那白的东西已经流到我们跟前。黄先生急把采集网拦住水面；那时，我才看出是一只鸽子。他从网里把那死的飞禽取出来，诧异说："是谁那么不仔细，把人家的传书鸽打死了！"他说时，从鸽翼下取出一封长的小信来，那信已被水浸透了；我们慢慢把他展开，披在一块石上。

"我们先看看这是从哪里来，要寄到哪里去的，然后给他寄去，如何？"我一面说，一面看着。但那上头不特地址没有，甚至上下的款识也没有。

黄先生说："我们先看看里头写的是什么，不必讲私德了。"

我笑着说："是，没有名字的信就是公的；所以我们也可以披阅一遍。"

于是我们一同念着：

你教昆儿带银翎、翠翼来，吩咐我，若是他们空着回去，就是我还平安的意思。我恐怕他知道，把这两只小宝贝寄在霞妹那里；谁知道前天她开笼搁饲料的时候，不提防把翠翼放走了！

批注空间

嗳，爱者，你看翠翼没有带信回去，定然很安心，以为我还平安无事。我也很盼望你常想着我的精神和去年一样。不过现在不能不对你说的，就是过几天人就要把我接去了！我不得不叫你速速来和他计较。你一来，什么事都好办了。因为他怕的是你和他讲理。

嗳，爱者，你见信以后，必得前来，不然，就见我不着；以后只能在累累荒冢中读我的名字了，这不是我不等你，时间不让我等你哟！

我盼望银翎平平安安地带着他的使命回去。

我们念完，黄先生道："这是怎么一回事？"

"谁能猜呢？反正是不幸的事罢了。现在要紧的，就是怎样处置这封信。我想把他贴在树上，也许有知道这事的人经过这里，可以把他带去。"我摇着头，且轻轻地把信揭起。

黄先生说："不如拿到村里去打听一下，或者容易找出一点线索。"

我们商量之下，就另抄一张起来，仍把原信系在鸽翼底下。黄先生用采掘锹子在溪边挖了一个小坑，把鸽子葬在里头。回头为他立了一座小碑，且从水中淘出几块美丽的小石压在墓上。那墓就在山花盛开的地方，我一翻身，就把些花瓣摇下来，也落在这使者的墓上。

美的牢狱

嫣求正在镜台边理她的晨妆，见她的丈夫从远地回来，就把头拢住，问道："我所需要的你都给带回来了没有？"

"对不起！你虽是一个建筑师，或泥水匠，能为你自己建筑一座'美的牢狱'，我却不是一个转运者，不能为你搬运等等材料。"

"你念书不是念得越糊涂，便是越高深了！怎么你的话，我一点也听不懂？"

丈夫含笑说："不懂么？我知道你开口爱美，闭口爱美，多方地要求我给你带等等装饰回来；我想那些东西都围绕在你的体外，合起来，岂不是成为一座监禁你的牢狱吗？"

她静默了许久，也不作声。她的丈夫往下说："妻呀，我想你还不明白我的意思。我想所有美丽的东西，只能让他们散布在各处，我们只能在他们的出处爱它们；若是把他们聚拢起来，搁在一处，或在身上，那就不美了。……"

她睁着那双柔媚的眼，摇着头说："你说得不对。你说得不对。若不剖蚌，怎能得着珠玑呢？若不开山，怎能得着金刚、玉石、玛瑙等等宝物呢？而且那些东西，本来不美，必得人把他们琢磨出来，加以装饰，才能显得美丽咧。若说我要装饰，就是建筑一所美的牢狱，且把自己监在里头，且问谁不被监在这种牢狱里头呢？如果世间真有美的牢狱，像你所说，那么，我们不过是造成那牢狱的一沙一石罢了。"

"我的意思就是听其自然，连这一沙一石也毋须留存。孔雀何为自己修饰羽毛呢？芰荷何尝把他的花染红了呢？”

“所以说他们没有美感！我告诉你，你自己也早已把你的牢狱建筑好了。”

“胡说！我何曾？”

“你心中不是有许多好的想象；不是要照你的好理想去行事么？你所有的，是不是从古人曾经建筑过的牢狱里捡出其中的残片？或是在自己的世界取出来的材料呢？自然要加上一点人为才能有意思。若是我的形状和荒古时候的人一样，你还爱我吗？我准敢说，你若不好好地住在你的牢狱里头，且不时时把牢狱的墙垣垒得高高的，我也不能爱你。”

刚愎的男子，你何尝佩服女子的话？你不过会说：“就是你会说话！等我思想一会儿，再与你决战。”

批注空间

批注空间

补破衣的老妇人

她坐在檐前，微微的雨丝飘摇下来，多半聚在她脸庞的皱纹上头。她一点也不理会，尽管收拾她的筐子。

在她的筐子里有很美丽的零剪绸缎；也有很粗陋的麻头、布尾。她从没有理会雨丝在她头、面、身体之上乱扑；只提防着筐里那些好看的材料沾湿了。

那边来了两个小弟兄。也许他们是学校回来。小弟弟管她叫作“衣服的外科医生”；现在见她坐在檐前，就叫了一声。

她抬起头来，望着这两个孩子笑了一笑。那脸上的皱纹虽皱得更厉害，然而生的痛苦可以从那里挤出许多，更能表明她是一个享乐天年的老婆子。

小弟弟说：“医生，你只用筐里的材料在别人的衣服上，怎么自己的衣服却不管了？你看你肩脖补的那一块又该掉下来了。”

老婆子摩一摩自己的肩脖，果然随手取下一块小方布来。她笑着对小弟弟说：“你的眼睛实在精明！我这块原没有用线缝住；因为早晨忙着要出来，只用浆子暂时糊着，盼望晚上回去弥补；不提防雨丝替我揭起来了！……这揭得也不错。我，既如你所说，是一个衣服的外科医生，那么，我是不怕自己的衣服害病的。”

她仍是整理筐里的零剪绸缎，没理会雨丝零落在她身上。

哥哥说：“我看爸爸的手册里夹着许多的零剪文件；他也是像你一样：不时地翻来翻去。他……”

弟弟插嘴说：“他也是另一样的外科医生。”

老婆子把眼光射在他们身上，说：“哥儿们，你们说得对了。你们的爸爸爱惜小册里的零碎文件，也和我爱惜筐里的零剪绸缎一般。他凑合多少地方的好意思，等用得着时，就把他们编连起来，成为一种新的理解。所不同的，就是他用的头脑；我用的只是指头便了。你们叫他作……”

说到这里，父亲从里面出来，问起事由，便点头说：“老婆子，你的话很中肯。我们所为，原就和你一样，东搜西罗，无非是些绸头、布尾，只配用来补补破袖袄罢了。”

父亲说完，就下了石阶，要在微雨中到葡萄园里，看看他的葡萄长芽了没有。这里孩子们还和老婆子争论着要他们的爸爸做什么样医生。

光的死

光离开他的母亲去到无量无边，一切生命的世界上。因为他走的时候脸上常带着很忧郁的容貌，所以一切能思维、能造作的灵体也和他表同情；一见他，都低着头容他走过去；甚至带着泪眼避开他。

光因此更烦闷了。他走得越远，力量越不足；最后，他躺下了。他躺下的地方，正在这块大地。在他旁边有几位聪明的天文家互相议论说："太阳的光，快要无所附丽了，因为他冷死的时期一天近似一天了。"

光垂着头，低声诉说："唉，诸大智者，你们为何净在我母亲和我身上担忧？你们岂不明白我是为饶益你们而来么？你们从没有在我面前做过我曾为你们做的事。你们没有接纳我，也没有……"

他母亲在很远的地方，见他躺在那里叹息，就叫他回去说："我的命儿，我所爱的，你回去罢。我一天一天任你自由地离开我，原是为众生的益处；他们既不承受，你何妨回来？"

光回答说："母亲，我不能回去了。因为我走遍了一切世界，遇见一切能思维、能造作的灵体，到现在还没有一句话能够对你回报。不但如此，这里还有人正咒诅我们哪！我哪有面目回去呢？我就安息在这里罢。"

他的母亲听见这话，一种幽沉的颜色早已现在脸上。他从地上慢慢走到海边，带着自己的身体、威力，一分一厘地侵入水里。母亲也跟着晕过去了。

再　会

批注空间

靠窗棂坐着那位老人家是一位航海者，刚从海外归来的。他和萧老太太是少年时代的朋友，彼此虽别离了那么些年，然而他们会面时，直像忘了当中经过的日子。现在他们正谈起少年时代的旧话。

“蔚明哥，你不是二十岁的时候出海的么？”她屈着自己的指头，数了一数，才用那双被阅历染浊了的眼睛看着她的朋友说，“呀，四十五年就像我现在数着指头一样地过去了！”

老人家把手捋一捋胡子，很得意地说：“可不是！……记得我到你家辞行那一天，你正在园里饲你那只小鹿；我站在你身边一棵正开着花的枇杷树下，花香和你头上的油香杂窜入我的鼻中。当时，我的别绪也不晓得要从哪里说起；但你只低头抚着小鹿。我想你那时也不能多说什么，你竟然先问一句‘要等到什么时候我们再能相见呢’？我就慢答道：‘毋须多少时候。’那时，你……”

老太太截着说：“那时候的光景我也记得很清楚。当你说这句的时候，我不是说‘要等再相见时，除非是黑墨有洗得白的时节’。哈哈！你去时，那缕漆黑的头发现在岂不是已被海水洗白了么？”

老人家摩摩自己的头顶，说：“对啦！这也算应验哪！可惜我总不（见）着芳哥，他过去多少年了？”

“唉，久了！你看我已经抱过四个孙儿了。”她说时，看着窗外几个孩子在瓜棚下玩，就指着那最高的孩子说，“你看鼎儿已经十二岁了，他公公就在他弥月后去世的。”

批注空间

他们谈话时，丫头端了一盘牡蛎煎饼来。老太太举手嚷着蔚明哥说："我定知道你的嗜好还没有改变，所以特地为你做这东西。

"你记得我们少时，你母亲有一天做这样的饼给我们吃。你拿一块，吃完了才嫌饼里的牡蛎少，助料也不如我的多，闹着要把我的饼抢去。当时，你母亲说了一句话，教我常常忆起，就是'好孩子，算了罢。助料都是搁在一起掺匀的。做的时候，谁有工夫把分量细细去分配呢？这自然是免不了有些多，有些少的；只要饼的气味好就够了。你所吃的原不定就是为你做的，可是你已经吃过，就不能再要了。'蔚明哥，你说末了这话多么感动我呢！拿这个来比我们的境遇罢：境遇虽然一个一个排列在面前，容我们有机会选择，有人选得好，有人选得歹，可是选定以后，就不能再选了。"

老人家拿起饼来吃，慢慢地说："对啦！你看我这一生净在海面生活，生活极其简单，不像你这么繁复，然而我还是像当时吃那饼一样——也就饱了。"

"我想我老是多得便宜。我的'境遇的饼'虽然多一些助料，也许好吃一些，但是我的饱足是和你一样的。"

谈旧事是多么开心的事！看这光景，他们像要把少年时代的事迹一一回溯一遍似的。但外面的孩子们不晓得因什么事闹起来，老太太先出去做判官；这里留着一位矍铄的航海者静静地坐着吃他的饼。

桥　边

我们住的地方就在桃溪溪畔。夹岸遍是桃林：桃实、桃叶映入水中，更显出溪边的静谧。真想不到仓皇出走的人还能享受这明媚的景色！我们日日在林下游玩；有时踱过溪桥，到朋友的蔗园里找新生的甘蔗吃。

这一天，我们又要到蔗园去，刚踱过桥，便见阿芳——蔗园的小主人——很忧郁地坐在桥下。

"阿芳哥，起来领我们到你园里去。"他举起头来，望了我们一眼，也没有说什么。

我哥哥说："阿芳，你不是说你一到水边就把一切的烦闷都洗掉了吗？你不是说，你是水边的蜻蜓么？你看歇在水荭花上那只蜻蜓比你怎样？"

"不错。然而今天就是我第一次的忧闷。"

我们都下到岸边，围绕住他，要打听这回事。他说："方才红儿掉在水里了！"红儿是他的腹婚妻，天天都和他在一块儿玩的。我们听了他这话，都惊讶得很。哥哥说："那么，你还能在这里闷坐着吗？还不赶紧去叫人来？"

"我一回去，我妈心里的忧郁怕也要一颗一颗地结出来，像桃实一样了。我宁可独自在此忧伤，不忍使我妈妈知道。"

我的哥哥不等说完，一股气就跑到红儿家里。这里阿芳还在皱着眉头，我也眼巴巴地望着他，一声也不响。

"谁掉在水里啦？"

我一听，是红儿的声音，速回头一望，果然哥哥携着红儿

批注空间

来了！她笑眯眯地走到芳哥跟前，芳哥像很惊讶地望着她。很久，他才出声说："你的话不灵了么？方才我贪着要到水边看看我的影儿，把他搁在树上，不留神轻风一摇，把他摇落水里。他随着流水往下流去；我回头要抱他，他已不在了。"

红儿才知道掉在水里的是她所赠与的小囝。她曾对阿芳说那小囝也叫红儿，若是把他丢了，便是丢了她。所以芳哥这么谨慎看护着。

芳哥实在以红儿所说的话是千真万真的，看今天的光景，可就教他怀疑了。他说："哦，你的话也是不准的！我这时才知道丢了你的东西不算丢了你，真把你丢了才算。"

我哥哥对红儿说："无意的话倒能教人深信：芳哥对你的信念，头一次就在无意中给你打破了。"

红儿也不着急，只优游地说："信念算什么？要真相知才有用哪。……也好，我借着这个就知道他了。我们还是到蔗园去罢。"

我们一同到蔗园去，芳哥方才的忧郁也和糖汁一同吞下去了。

疲倦的母亲

那边一个孩子靠近车窗坐着，远山，近水，一幅一幅，次第嵌入窗户，射到他的眼中。他手画着，口中还咿咿哑哑地，唱些没字曲。

在他身边坐着一个中年妇人，支着头瞌睡。孩子转过脸来，摇了她几下，说："妈妈，你看看，外面那座山很像我家门前的呢。"

母亲举起头来，把眼略睁一睁；没有出声，又支着颐睡去。

过一会，孩子又摇她，说："妈妈，'不要睡罢，看睡出病来了'。你且睁一睁眼看看外面八哥和牛打架呢。"

母亲把眼略略睁开，轻轻打了孩子一下；没有作声，又支着头睡去。

孩子鼓着腮，很不高兴。但过一会，他又唱起来了。

"妈妈，听我唱歌罢。"孩子对着她说了，又摇她几下。

母亲带着不喜欢的样子说："你闹什么？我都见过，都听过，都知道了；你不知道我很疲乏，不容我歇一下么？"

孩子说："我们是一起出来的，怎么我还顶精神，你就疲乏起来？难道大人不如孩子么？"

车还在深林平畴之间穿行着。车中的人，除那孩子和一二个旅客以外，少有不像他母亲那么酣睡的。

批注空间

先农坛

曾经一度繁华过的香厂，现在剩下些破烂不堪的房子，偶尔经过，只见大兵们在广场上练国技。望南再走，排地摊的犹如往日，只是好东西越来越少，到处都看见外国来的空酒瓶、香水樽、胭脂盒，乃至簇新的东洋瓷器，估衣摊上的不入时的衣服，“一块八”、“两块四”叫卖的伙计连翻带地兜揽，买主没有，看主却是很多。

在一条凹凸得特别的马路上走，不觉进了先农坛的地界。从前在坛里唯一新建筑，“四面钟”，如今只剩一座空洞的高台，四围的柏树早已变成富人们的棺材或家私了。东边一座礼拜寺是新的。球场上还有人在那里练习。绵羊三五群，遍地披着枯黄的草根。风稍微一动，尘土便随着飞起，可惜颜色太坏，若是雪白或朱红，岂不是很好的国货化妆材料？

到坛北门，照例买票进去。古柏依旧，茶座全空。大兵们住在大殿里，很好看的门窗，都被拆作柴火烧了。希望北平市游览区划定以后，可以有一笔大款来修理。北平的旧建筑，渐次少了，房主不断地卖折货。像最近的定王府，原是明朝胡大海的府邸，论起建筑的年代足有五百多年。假若政府有心保存北平古物，决不致于让市民随意拆毁。拆一间是少一间。现在坛里，大兵拆起公有建筑来了。爱国得先从爱惜公共的产业做起，得先从爱惜历史的陈迹做起。

观耕台上坐着一男一女，正在密谈，心的热真能抵御环境的冷。桃树柳树都脱掉叶衣，做三冬的长眠，风摇鸟唤，都不听见。

批注空间

雩坛边的鹿，伶俐的眼睛　望着过路的人。游客本来有三两个，它们见了格外相亲。在那么空旷的园囿，本不必拦着它们，只要四围开上七八尺深的沟，斜削沟的里壁，使当中成一个圆丘，鹿放在当中，虽没遮栏也跳不上来。这样，园景必定优美得多。星云坛比岳渎坛更破烂不堪。干蒿败艾，满布在砖缝瓦罅之间，拂人衣裾，便出一种清越的香味。老松在夕阳底下默然站着。人说它像盘旋的虬龙，我说它像开屏的孔雀，一颗一颗的松球，衬着暗绿的针叶，远望着更像得很。松是中国人的理想性格，画家没有不喜欢画它。孔子说它后凋还是屈了它，应当说它不凋才对。英国人对于橡树的情感就和中国对于松树的一样。中国人爱松并不尽是因为它长寿，乃是因为它当飘风飞雪的时节能够站得住，生机不断，荣的时间一到，便又青绿起来。人对着松树是不会失望的，它能给人一种兴奋，虽然树上留着许多枯枝丫，看来越增加它的壮美。就是枯死，也不像别的树木等闲地倒下来。千年百年是那么立着，藤萝缠它，薜荔粘它，都不怕，反而使它更优越更秀丽，古人说松籁好听得像龙吟。龙吟我们没有听过，可是它所出的逸韵，真能使人忘掉名利，动出尘的想头。可是要记得这样的声音，决不是一寸一尺的小松所能出，非要经得百千年的磨炼，受过风霜或者吃过斧斤的亏，能够立得定以后，是做不到的。所以当年壮的时候，应学松柏的抵抗力，忍耐力，和增进力；到年衰的时候，也不妨送出清越的籁。

对着松树坐了半天。金黄色的霞光已经收了，不免离开雩坛直出大门。门外前几年挖的战壕，还没填满。羊群领着我向着归路。道边放着一担菊花，卖花人站在一家门口与那淡妆的女郎讲价，不提防担里的黄花教羊吃了几棵。那人索性将两棵带泥丸的菊花向羊群猛掷过去，口里骂“你等死的羊孙子！”可也没奈何。吃剩的花散布在道上，也教车轮碾碎了。

批注空间

换巢鸾凤

一、歌　声

那时刚过了端阳节期，满园里的花草倚仗膏雨的恩泽，都争着向太阳献它们的媚态。——鸟儿、虫儿也在这灿烂的庭园歌舞起来，和鸾独自一人站在啭鹂亭下，她所穿的衣服和槛下紫蝴蝶花的颜色相仿。乍一看来，简直疑是被阳光的威力拥出来的花魂。她一手用蒲葵扇挡住当午的太阳，一手提着长袖，望发出蝉声的梧桐前进。——走路时，珠鞋一步一步印在软泥嫩苔之上，印得一路都是方胜了。

她走到一株瘦削的梧桐底下，瞧见那蝉踞在高枝嘶嘶地叫个不住，想不出什么方法把那小虫带下来，便将手扶着树干尽力一摇，叶上的残雨趁着机会飞滴下来，那小虫也带着残声飞过墙东去了。那时，她才后悔不该把树摇动，教那饿鬼似的雨点争先恐后地扑在自己身上，那虫歇在墙东的树梢，还振着肚皮向她解嘲说："值也！值也！……值！"她愤不过，要跑过那边去和小虫见个输赢。刚过了月门，就听见一缕清逸的歌声从南窗里送出来。她爱音乐的心本是受了父亲的影响，一听那抑扬的腔调，早把她所要做的事搁在脑后了。她悄悄地走到窗下，只听得：

……

你在江湖流落尚有雌雄侣；亏我影只形单异地栖。

风急衣单无路寄，寒衣做起误落空闺。
日日望到夕阳，我就愁倍起只见一围衰柳锁往长堤。
又见人影一鞭残照里，几回错认是我郎归，
……

正听得津津有味，一种娇娆的声音从月门出来：“大小姐你在那里干什么？太太请你去瞧金鱼哪。那是客人从东沙带来送给咱们的。好看得很，快进去罢。”她回头见是自己的丫头婢而，就示意不教她作声，且招手叫她来到跟前，低声对她说：“你听这歌声多好？”她的声音想是被窗里的人听见，话一说完，那歌声也就止住了。

婢而说：“小姐，你瞧你的长褂子都已湿透，鞋子也给泥玷污了。咱们回去罢。别再听啦。”她说：“刚才所听的实在是好，可惜你来迟一点，领教不着。”婢而问：“唱的是什么？”她说：“是用本地话唱的。我到的时候，只听得什么……尚有雌雄侣……影只形单异地栖。……”婢而不由她说完，就插嘴说：“噢，噢，小姐，我知道了。我也会唱这种歌儿。你所听的叫作《多情雁》，我也会唱。”她听见婢而也会唱，心里十分喜欢，一面走一面问：“这是哪一类的歌呢？你说会唱，为什么你来了这两三年从不曾唱过一次？”婢而说：“这就叫作粤讴，大半是男人唱的。我恐怕老爷骂，所以不敢唱。”她说：“我想唱也无妨。你改天教给我几支罢。”我很喜欢这个。她们在谈话间，已经走到饮光斋的门前，二人把脚下的泥刮掉，才踏进去。

饮光斋是阳江州衙内的静室。由这屋里往北穿过三思堂就是和鸾的卧房。和鸾和婢而进来的时候，父亲崇阿、母亲赫舍里氏、妹妹鸣鸾，和表兄启祯正围坐在那里谈话。鸣鸾把她的座让出一半，对和鸾说：“姊姊快来这里坐着罢。爸爸给咱们讲养鱼经哪。”和鸾走到妹妹身边坐下，瞧见当中悬着一个琉璃壶，壶内的水映着五色玻璃窗的彩光，把金鱼的颜色衬得越发好看。崇阿只管在那里说，和鸾却不大介意。因为她惦念着跟婢而学粤讴，巴不得立刻回到自己的卧房去。她坐了一会，仍扶着婢而出来。

崇阿瞧见和鸾出去，就说："这孩子进来不一会儿，又跑出去，到底是忙些什么？"赫氏笑着回答说："也许是瞧见祯哥儿在这里，不好意思坐着罢。"崇阿说："他们天天在一起儿也不害羞，偏是今天就回避起来。真是奇怪！"原来启祯是赫氏的堂侄子，他的祖上，不晓得在哪一代有了战功，给他荫袭一名轻车都尉。只是他父母早已去世，从小就跟着姑姑过日子。他姑丈崇阿是正白旗人，由笔贴式出身，出知阳江州事；他的学问虽不甚好，却很喜欢谈论新政。当时所有的新式报像《时务报》、《清议报》、《新民丛报》，和康、梁们有著述，他除了办公以外，不是弹唱，就是和这些新书报周旋。他又深信非整顿新军，不能教国家复兴起来。因为这样，他在启祯身上的盼望就非常奢大。有时下乡剿匪，也带着同行，为的是叫他见习些战务。年来瞧见启祯长得一副好身材，心里更是喜欢，有意思要将和鸾配给他。老夫妇曾经商量过好几次，却没有正式提起。赫氏以为和鸾知道这事，所以每到启祯在跟前的时候，她要避开，也就让她回避。

再说和鸾跟娉而学了几支粤讴，总觉得那腔调不及那天在园里所听的好。但是她很聪明，曲谱一上口，就会照着弹出来。她自己费了很大的工夫去学粤讴，方才摸着一点门径，居然也会撰词了。她在三思堂听着父亲弹琵琶，不觉技痒起来。等父亲弹完，就把那乐器抱过来，对父亲说："爸爸，我这两天学了些新调儿，自己觉得很不错；现在把它弹出来，您瞧好听不好听？"她说着，一面用手去和弦子，然后把琵琶立起来，唱道：

萧疏雨，问你要落几天？

你有天宫唔①住，偏要在地上流连，你为饶益众生，舍得将自己作践；

①"唔"等于"不"，读如英文m。

我地①得到你来，就唔使劳烦个位散花仙。人地话②雨打风吹会将世界变，

①“我地”等于“我们”。

②“人地话”就是“人家说”。

果然你一来到就把锦绣装饰满园。你睇①娇红嫩绿委实增人恋，

①“睇”就是北方的“瞧”字。

可怪噉①好世界，重有个只啼不住嘅②杜鹃！鹃呀！愿我嘅血洒来好似雨　周遍，

①“噉”等于“如此”，“这样”。

②“嘅”等于“的”，“底”。

一点一滴润透三千大千。劝君休自蹇，要把愁眉展；

但愿人间一切血泪和汗点，一洒出来就同雨点一样化作甘泉。

“这是前天天下雨的时候做的，不晓得您听了以为怎样？”崇阿笑说：“我儿，你多会学会这个？这本是旷夫怨女之词，你把它换作写景，也还可听。你倒有一点聪明，是谁教给你的？”和鸾瞧见父亲喜欢，就把那天怎样在园里听见，怎样央姊而教，自己怎样学，都说出来。崇阿说：“你是在龙王庙后身听的吗？我想那是祖凤唱的。他唱得很好，我下乡时，也曾叫他唱给我听。”和鸾便信口问：“祖凤是谁？”崇阿说：“他本是一个囚犯。去年黄总爷抬举他，请我把他开释，留在营里当差。我瞧他的身材、气力都很好，而且他的刑期也快到了，若是有正经事业给他做，也许有用，所以把他交给黄总爷调遣去，他现在当着第三棚的什长哪。”和鸾说：“噢，原来是这里头的兵丁。他的声音实在是好。我总觉得姊而唱的不及他万一。有工夫还得叫他来唱一唱。”崇阿说：“这倒是容易的事情。明天把他调进内班房当差，就不怕没有机会听他的。”崇阿因为祖凤的气力大，手足敏捷，很合自己的军人理想，所以很看重他。这次调他进来，虽说因着爱女儿的缘故，还是免不了寓着提拔他的意思。

二、射 复

自从祖凤进来以后，和鸾不时唤他到啭鹂亭弹唱，久而久之，那人人有的“大欲”就把他们缠住了。他们此后相会的罗针不是指着弹唱那方面，乃是指着“情话”那方面。爱本来没有等第、没有贵贱、没有贫富的分别。和鸾和祖凤虽有主仆的名分，然而在他们的心识里，这种阶级的成见早已消灭无余。崇阿耳边也稍微听见二人的事，因此后悔得很。但他很信他的女儿未必就这样不顾体面，去做那无耻的事，所以他对于二人的事，常在疑信之间。

八月十二，交酉时分，满园的树被残霞照得红一块，紫一块。树上的归鸟在那里唧唧喳喳地乱嚷。和鸾坐在苹婆树下一条石凳上头，手里弹着她的乐器，口里低声地唱。那时，歌声、琵琶声、鸟声、虫声、落叶声和大堂上定更的鼓声混合起来，变成一种特别的音乐。祖凤从如楼船屋那边走来，说：“小姐，天黑啦，还不进去么？”和鸾对着他笑，口里仍然唱着，也不回答他。他进前正要挨着和鸾坐下，猛听得一声，“鸾儿，天黑了，你还在那里干什么？快跟我进来”。祖凤听出是老爷的声音，一缕烟似的就望 提花丛里钻进去了。和鸾随着父亲进去，挨了一顿大申斥。次日，崇阿就借着别的事情把祖凤打四十大板，仍旧赶回第三棚，不许他再到上房来。

和鸾受过父亲的责备，心里十分委屈。因为衙内上上下下都知道大小姐和祖凤长在园里被老爷撞见的事，弄得她很没意思。崇阿也觉得那晚上把女儿申斥得太过，心里也有点怜惜。又因为她年纪大了，要赶紧将她说给启祯，省得再出什么错。他就吩咐下人在团圆节预备一桌很好的瓜果在园里，全家的人要在那里赏月行乐。崇阿的意思：一来是要叫女儿喜欢；二来是要借着机会向启祯提亲。

一轮明月给流云拥住，朦胧的雾气充满园中，只有印在地面的花影稍微可以分出黑白来，崇阿上了如楼船屋的楼上，瞧见启祯在案头点烛，就说：“今晚上天气不大好啊！你快去催她们上来，待一会，恐怕要下雨。”启祯听见姑丈的话，把香案瓜果整理好，才下楼去。月亮越上越明，云影也渐渐散了。崇阿高兴起来，等她们到齐的时候，就拿起琵琶弹了几支曲。他要和鸾也弹一支。但她的心里，烦闷已极，自然是不愿意弹的。崇阿要大家在这晚上都得着乐趣，就出了一个赌果子的玩意儿。在那楼上赏月的有赫氏、和鸾、鸣鹭、启祯，连崇阿是五个人。他把果子分作五份，然后对众人说："我想了个新样的射复，就是用你们常念的《千家诗》和《唐诗》里的诗句，把一句诗当中换一个字，所换的字还要射在别句诗上。我先说了，不许用偏僻的句。因为这不是叫你们赌才情，乃是教你们斗快乐。我们就挨着次序一人唱一句，拈阄定射复的人。射中的就得唱句人的赠品；射不中就得挨罚。"大家听了都请他举一个例。他就说："比如我唱一句：长安云边多丽人。要问你：明明是水，为什么说云？你就得在《千家诗》或《唐诗》里头找一句来答复。若说：美人如花隔云端，就算复对了。"和鸾和鸣鹭都高兴得很，她们低着头在那里默想。唯有启祯跑到书房把书翻了大半天才上来。姊妹们说他是先翻书再来赌的，不让他加入。崇阿说："不要紧，若诗不熟，看也无妨。我们只是取乐，毋须认真。"于是都挨着次序坐下，个个侧耳听着那唱句人的声音。

第一次是鸣鹭，唱了一句："楼上花枝笑不眠。"问："明明是独，怎么说不？"把阄一拈，该崇阿复。他想了一会，就答道："春色恼人眠不得。"鸣鹭说："中了。"于是把两个石榴送到父亲面前。第二次是赫氏唱："主人有茶欢今夕。"问："明明是酒，为什么变成茶？"鸣鹭就答："寒夜客来茶当酒。"崇阿说："这句复得好。我就把这两个石榴加赠给你。"第三次是启祯，唱："纤云四卷天来河。"问："明明是无，怎样说来？"崇阿想了半天，想不出一句合适的来。启祯说："姑丈这次可要挨罚了。"崇阿说："好，你自己复出来罢，我实在想不起来。"启祯显出很得意的样子，大声念道："君不见黄河之水天上来？"弄得满坐的人都瞧着笑。崇阿说："你这句射得不大好。姑且算你赢了罢。"他把果子送给启祯，正要唱时，当差的说："省城来了一件要紧的公文。师爷要请老爷去商量。"崇阿立刻下楼，到签押房去。和鸾站起来唱道："千树万树梨花飞。"问："明明是开，为什么又

批注空间

飞起来？”赫氏答道：“春城无处不飞花。”她接了和鸾的赠品，就对鸣鹫说：“该你唱了。”于是鸣鹫唱一句：“桃花尽日夹流水。”问：“明明是随，为何说夹？”和鸾答道：“两岸桃花夹古津。”这次应当是赫氏唱，但她一时想不起好句来，就让给启祯。他唱道：“行人弓箭各在肩。”问：“明明是腰，怎会在肩？那腰空着有什么用处？”和鸾说：“你这问太长了。叫人怎样复？”启祯说：“还不知道是你射不是，你何必多嘴呢？”他把阄筒摇了一下才教各人抽取。那黑阄可巧落在鸣鹫手里。她想一想，就笑说：“莫不是腰横秋水雁翎刀吗？”启祯忙说：“对，对，你很聪明。”和鸾只掩着口笑。启祯说：“你不要笑人，这次该你了，瞧瞧你的又好到什么地步。”和鸾说：“祯哥这唱实在差一点，因为没有复到肩字上头。”她说完就唱：“青草池塘独听蝉。”问：“明明是蛙，怎么说蝉？”可巧该启祯射。他本来要找机会讽嘲和鸾，借此报复她方才的批评。可巧他想不起来，就说一句俏皮话：“癞蛤蟆自然不配在青草池塘那里叫唤。”他说这句话是诚心要和和鸾起哄。个人心事自家知，和鸾听了，自然猜他是说自己和祖凤的事，不由得站起来说：“哼，莫笑蛇无角，成龙也未知。祯哥，你以为我听不懂你的话么？咳，何苦来！”她说完就悻悻地下楼去。赫氏以为他们是闹玩，还在上头嚷着：“这孩子真会负气，回头非叫她父亲打她不可。”

和鸾跑下来，踏着花荫要向自己房里去。绕了一个弯，刚到啭鹂亭，忽然一团黑影从树下拱起来，把她吓得魂不附体。正要举步疾走，那影儿已走近了。和鸾一瞧，原来是祖凤。她说：“金凤，你昏夜里在园里吓人干什么？”祖凤说：“小姐，我正候着你，要给你说一宗要紧的事。老爷要把你我二人重办，你知道不知道？”和鸾说：“笑话，哪里有这事？你从哪里听来的？他刚和我们一块儿在如楼船屋楼上赏月哪。”祖凤说：“现在老爷可不是在签押房吗？”和鸾说：“人来说师爷有要事要和他商量，并没有什么。”祖凤说：“现在正和师爷相议这事呢。我想你是不要紧的，不过最好还是暂避几天，等他气过了再回来，若是我，一定得逃走，不然，连性命也要没了。”和鸾惊说：“真的么？”祖凤说：“谁还哄你？你若要跟我去时，我就领你闪避几天再回来。……无论如何，我总走的。我为你挨了打，一定不能撇你在这里；你若不和我同行，我宁愿死在你跟前。”他说完掏出一支手枪来，把枪口向着自己的心坎，装作要自杀的样子。和鸾瞧见这个光景，她心里已经软化了。她把枪夺过来，抚着祖凤的肩膀说：“也罢，我不忍瞧见你对着我做伤心的事，你且在这里等候，我回房里换一双平底鞋再来。”祖凤说：“小姐褂也得换一换才好。”和鸾回答一声：“知道。”就忙忙地走进去。

三、失　足

她回到房中，知道娉而还在前院和女仆斗牌。瞧瞧时计才十一点零，于是把鞋换好，胡乱拿了几件衣服出来。祖凤见了她，忙上前牵着她的手说：“咱们由这边走。”他们走得快到衙后的角门，祖凤叫和鸾在一株榕树下站着。他到角门边的更房见没有人在那里，忙把墙上的钥匙取下。出了房门，就招手叫和鸾前来。他说：“我且把角门开了让你先出去。我随后爬墙过去带着你走。”和鸾出去以后，他仍把角门关锁妥当，再爬过墙去，原来衙后就是鼍山，虽不甚高，树木却是不少。衙内的花园就是山顶的南部。两人下了鼍山，沿着山脚走。和鸾猛然对祖凤说：“呀！我们要到哪里去？”祖凤说：“先到我朋友的村庄去，好不好？”和鸾问说：“什么村庄，离城多远呢？”祖凤说：“逃难的人，一定是越远越好的。咱们只管走罢。”和鸾说：“我可不能远去。天亮了，我这身装束，谁还认不得？”“对呀，我想你可以扮男装。”和鸾说：“不成，不成，我的头发和男子不一样。”祖凤停步想了一会，就说：“我为你设法。你在这里等着，我一会就回来。”他去后，不久就拿了一顶遮羞帽（阳江妇人用的竹帽），一套青布衣服来。他说：“这就可以过关啦。”和鸾改装后，将所拿的东西交给祖凤。二人出了五马坊，望东门迈步。

那一晚上，各城门都关得很晚，他们竟然安安稳稳地出城去了。他们一直走，已经过了一所医院。路上一个人也没有，只有天空悬着一个半明不亮的月。和鸾走路时，心里老是七上八下地打算。现在她可想出不好来了。她和祖凤刚要上一个山坡，就止住说："我错了。我不应当跟你出来。我须得回去。"她转身要走，只是脚已无力，不听使唤，就坐在一块大石上头。那地两面是山，树林里不时发出一种可怕的怪声。路上只有他们二人走着。和鸾到这时候，已经哭将起来。她对祖凤说："我宁愿回去受死，不愿往前走了。我实在害怕得很，你快送我回去罢。"祖凤说："现在可不能回去，因为城门已经关了。你走不动，我可以驮你前行。"她说："明天一定会给人知道的。若是有人追来，那怎样办呢？"祖凤说："我们已经改装，由小路走一定无妨。快走罢，多走一步是一步。"他不由和鸾做主，就把她驮在背上，一步一步登了山坡。和鸾伏在后面，把眼睛闭着，把双耳掩着。她全身的筋肉也颤动得很厉害。那种恐慌的光景，简直不能用笔墨形容出来。

蜿蜒的道上，从远看只像一个人走着，挨近却是两个。前头一种强烈之喘声和背后那微弱的气息相应和。上头的乌云把月笼住，送了几粒雨点下来。他们让雨淋着，还是一直地往前。刚渡过那龙河，天就快亮了。祖凤把和鸾放下，对她说："我去叫一顶轿子给你坐罢。天快要亮了，前边有一个大村子，咱们再不能这样走了。"和鸾哭着说："你要带我到哪里去呢？若是给人知道了，你说怎好？"祖凤说："不碍事的。咱们一同走着，看有轿子，再雇一顶给你，我自有主意。"那时东方已有一点红光，雨也止了。他去雇了一顶轿子，让和鸾坐下，自己在后面紧紧跟着，足行了一天，快到那笃墟了，他恐怕到的时候没有住处，所以在半路上就打发轿夫回去。和鸾扶着他慢慢地走，到了一间破庙的门口。祖凤教和鸾在抵桅旁边候着，自己先进里头去探一探，一会儿他就携着和鸾进去。那晚上就在那里歇息。

和鸾在梦中惊醒。从月光中瞧见那些陈破的神像：脸上的胡子，和身上的破袍被风刮得舞动起来。那光景实在狰狞可怕。她要伏在祖凤怀里，又想着这是不应当的。她懊悔极了，就推祖凤起来，叫他送自己回去。祖凤这晚上倒是好睡，任她怎样摇也摇不醒来。她要自己出来，那些神像直瞧着她，叫她动也不敢动。次日早晨，祖凤牵着她仍从小路走。祖凤所要找的朋友，就在这附近住，但他记不清那条路的方位。他们朝着早晨的太阳前行，由光线中，瞧见一个人从对面走来。祖凤瞧那人的容貌，像在哪里见过似的，只是一时记不起他的名字。他要用他们的暗号来试一试那人，就故意上前撞那人一下，大声喝道："呸！你盲了吗？"和鸾瞧这光景，力劝他不要闯祸，但她的力量哪里禁得住祖凤。那人受祖凤这一喝，却不生气，只回答说："我却不盲，因为我的眼睛比你大。"说完还是走他的。祖凤听了，就低声对和鸾说："不怕了，咱们有了宿处了。我且问他这附近有房子没有；再问他认识金成不认识。"说着就叫那人回来，殷勤地问他说："你既然是豪杰，请问这附近有甲子借人没有？"那人指着南边一条小路说："从这条线打听去罢。"祖凤趁机问他："你认得金成么？"那人一听祖凤问金成，就把眼睛往他身上估量了一回，说："你问他做什么？他已不在这里。你莫不是由城来的么，是黄得胜叫你来的不是？"祖凤连声答了几个是。那人往四围一瞧，就说："这里不是说话的地方。你可以到我那里去，我再把他的事情告诉你。"

原来那人也姓金，名叫权。他住在那笃附近一个村子，曾经一度到衙门去找黄总爷。祖凤就在那时见他一次。他们一说起来就记得了。走的时节，金权问祖凤说："随你走的可是尊嫂？"祖凤支离地回答他。和鸾听了十分懊恼，但她的脸帽子遮住，所以没人理会她的当时的神气。三人顺着小路走了约有三里之遥，当前横着一条小溪涧，架着两岸的桥是用一块旧棺木做的。他们走过去，进入一丛竹林。金权说："到我的甲子了。"祖凤和鸾跟着金权进入一间矮小的茅屋。让座之后，和鸾还是不肯把帽子摘下来。祖凤说："她初出门，还害羞咧。"金权说："莫如请嫂子到房里歇息，我们就在外头谈谈罢。"祖凤叫和鸾进房里，回头就问金权说："现在就请你把成哥的下落告诉我。"金权叹了一口气，说："哎！他现时在开平县的监里哪，他在几个月前出去'打单'，兵来了还不逃走，所以给人拑住了。"这时祖凤的脸上显出一副很惊惶的模样，说："噢，原来是他。"金权反问什么意思。他就说，"前晚上可不是中秋吗？省城来了一件要紧的文书，师爷看了，忙请老爷去商量。我正和黄总爷在

批注空间

龙王庙里谈天，忽然在签押房当差的朱爷跑来，低声地对黄总爷说：开平县监里一个劫犯供了他和土匪勾通，要他立刻到堂对质。黄总爷听了立刻把几件细软的东西藏在怀里，就望头门逃走，他临去时，教我也得逃走。说：这案若发作起来，连我也有份。所以我也逃出来。现在给你一说，我才明白是他。”金权说：“逃得过手，就算好运气。我想你们也饿了，我且去煮些沙来给你们耕罢。”他说着就到檐下煮饭去了。

和鸾在里面听得很清楚，一见金权出去，就站在门边怒容向着祖凤说：“你们方才所说的话，我已听明白了。你现在就应当老老实实地对我说。不然，我……”她说到这里，咽喉已经噎住。祖凤进前几步，和声对她说：“我的小姐，我实在是把你欺骗了。老爷在签押房所商量的与你并没有什么相干，乃是我和黄总爷的事。我要逃走，又舍不得你，所以想些话来骗你，为的是要叫你和我一块住着。我本来要扮作更夫到你那里，刚要到更房去取家具。可巧就遇着你，因此就把你哄住了。”和鸾说：“事情不应当这样办，这样叫我怎样见人？你为什么对人说我是你的妻子？原来你的……”祖凤瞧她越说越气，不容她说完就插着说：“我的小姐，你不曾说你是最爱我的吗？你舍得教我离开你吗？”金权听见里面小姐长小姐短的话，忙进来打听到底是哪一回事。祖凤知瞒不过，就把事情的原委说给他知道。他们二人用了许多话语才把和鸾的气减少了。

金权也是和黄总爷一党的人，所以很出力替祖凤遮藏这事。他为二人找一个藏身之所，不久就搬到离金权的茅屋不远一所小房子住去。

四、他的宗教

和鸾所住的屋子靠近山边。屋后一脉流水，四围都是竹林。屋内只有两铺床，一张桌子和几张竹椅。壁上的白灰掉得七零八落了，日光从瓦缝间射下来。祖凤坐在她的脚下，侧耳听着她说：“祖凤啊，我这次跟你到这个地方，要想回家，也办不到的。

现在与你立约，若能依我，我就跟着你；若是不能，你就把我杀掉。”祖凤说：“只要你常在我身边，我就没有不依从你的事。”和鸾说：“我从前盼望你往上长进，得着一官半职，替国家争气，就是老爷，在你身上也有这样的盼望。我告诉你，须要等你出头以后，才许入我房里；不然，就别妄想。”祖凤的良心现在受责罚了。和鸾的话，他一点也不敢反抗。只问她说：“要到什么地步才算呢？”和鸾说：“不需多大，只要能带兵就够了。”祖凤连连点头说：“这容易，这容易。我只需换个名字再投军去就有盼望。”

祖凤在那里等机会入伍，但等来等去总等不着。只得先把从前所学的手艺编做些竹器到墟里发卖。他每日所得的钱差可以够二人度用。有一天，他在墟里瞧见庙前贴着一张很大的告示。他进前一瞧，别的字都不认得，只认得”黄得胜……祖凤……逃……捉拿……花红四百元……”他看了，知道是通缉的告示，吓得紧跑回去。一踏进门，和鸾手里拿着一块四寸见方的红布，上面印着一个不像八卦、不像两仪的符号，在那瞧着。一见祖凤回来，就问他说：“这是什么东西？”祖凤说：“你既然搜了出来，我就不能不告诉你。这就是我的腰平。小姐，你要知道我和黄总爷都是洪门的豪杰，我们二人都有这个。这就是入门的凭据。我坐监的时候，黄总爷也是因为同会的缘故才把我保释出来的。”和鸾说：“那么金权也是你们的同党了。”“是的。……呀！小姐，事情不好了。老爷的告示已经贴在墟里，要捉拿我和黄总爷哪。这里还是阳江该管的地方，咱们必不能再住在此，不如往东走，到那扶去避一下。那里是新宁（台山）地界，也许稍微安稳一点。”他一面说，一面催和鸾速速地把东西检点好，在那晚上就搬到那扶墟去了。

他们搬到那扶附近一个荒村。围在四面的，不是山，就是树林。二人在那里藏身倒还安静。祖凤改名叫作李猛，每日仍是做些竹器卖钱。他很奉承和鸾，知她嗜好音乐，就做了一管短箫，常在她面前吹着。和鸾承受他的崇敬，也就心满意足，不十分想家啦。

时光易过，他们在那里住着，已经过了两个冬节。那天晚上，祖凤从墟里回来，隔膀下夹着一架琵琶，喜喜欢欢地跳跃进来，对和鸾说："小姐，我将今天所赚的钱为你买了这个。快弹一弹，瞧它的声音如何。"和鸾说："呀！我现在哪里有心玩弄这个？许久不弹，手法也生了。你先搁着罢，改天我喜欢弹的时候，再弹给你听。"他把琵琶搁下，说："也罢。我且告诉你一桩可喜的事情：金权今天到墟里找我，说他要到省城吃粮去。他说现在有一位什么司令要招民军去打北京。有好些兄弟们劝他同行。他也邀我一块儿去。我想我的机会到了。我这次出门，都是为你的缘故，不然，我宁愿在这里做小营生，光景虽苦，倒能时常亲近你。他们明后天就要动身。"和鸾听说打北京，就惊异说："也许是你听差了罢？北京是皇都，谁敢去打？况且官制里头也没有什么叫作司令的。或者你把东京听作北京罢。"祖凤说："不差，不差，我听的一定不错。他明明说是革命党起事，要招兵打满洲的。"和鸾说："呀，原来是革命党造反！前几年，老爷才杀了好几个哪。我劝你别去罢，去了定会把自己的命革掉。"他迫着要履和鸾的约，以为这次是好机会，决不可轻易失掉。不论和鸾应许与否，他心里早有成见。他说："小姐，你说的虽然有理，但是革命党一起事，或者国家也要招兵来对付，不如让我先上省去瞧瞧，再行定规一下。你以为怎样呢？我想若是不走这一条路，就永无出头之日啦。"和鸾说："那么，你就去瞧瞧罢。事情如何，总得先回来告诉我。"当下和鸾为他预备些路上应用的东西，第二天就和金权一同上省城去了。

祖凤一去，已有三个月的工夫。和鸾在小屋里独自一人颇觉寂寞。她很信祖凤那副好身手，将来必有出人头地的日子。现时在穷困之中，他能尽力去工作。同在一个屋子住着，对于自己也不敢无礼。反想启祯镇日里只会蹴毽、弄鸟、赌牌、喝酒以及等等虚华的事，实在叫她越发看重祖凤。一想起他的服从、崇敬和求功名的愿望，就减少了好些思家的苦痛。她每日望着祖凤回来报信，望来望去，只是没有消息。闷极的时候，就弹着琵琶来破她的忧愁和寂寞。因为她爱粤讴，所以把从前所学的词曲忘了一大半。她所弹的差不多都是粤调。

无边的黑暗把一切东西埋在里面。和鸾所住房子只有一点豆粒大的灯光。她从屋里踝出来，瞧瞧四围山林和天空的分别，只在黑色的浓淡。那是摇光从东北渐移到正东，把全座星斗正横在天顶。她信口唱几句歌词，回头把门关好，端坐在一张竹椅上头，好像有所思想的样子。不一会，她走到桌边，把一枝秃笔拿起来，写着：

诸天尽黝暗，曷有众星朗？
林中劳意人，独坐听山响。
山响复何为？欲惊狮子梦。
磨牙嗜虎狼，永祓腹心痛。

她写完这两首正要往下再写，门外急声叫着："小姐，我回来了。快来替我开门。"她认得是祖凤的声音，喜欢到了不得，把笔搁下，速速地跑去替他开门。一见祖凤，就问："为什么那么晚才回来？哎呀，你的辫子哪里去了？"祖凤说："现在都是时兴这个样子。我是从北街来的，所以到得晚一点。我一去，就被编入伍，因此不能立刻回来。我所投的是民军。起先他们说要北伐，后来也没有打仗就赢了。听说北京的皇帝也投降了，现在的皇帝就是大总统，省城的制台和将军也没了，只有一个都督是最大的，他的下属全是武官。这时候要发达是很容易的。小姐，你别再愁我不长进啦。"和鸾说："这岂不是换了朝代吗？""可不是。""那么，你老爷的下落你知道不？"祖凤说："我没有打听这个，我想还是做他的官罢。"和鸾哭着说："不一定的。若是换了朝代，我就永无见我父母之日了。纵使他们不遇害，也没有留在这里的道理。"祖凤瞧她哭了，忙安慰说："请不要过于伤心。明天我回到省城再替你打听打听。现在还不知道是什么情形呢，何必哭。"他好容易把和鸾劝过来。又谈些别后的话，就各自将息去了。

早晨的日光照着一对久别的人。被朝雾压住的树林里继继续续发出几只蜩螗的声音。和鸾一听这种声音，就要引起她无穷的感慨。她只对祖凤说："又是一年了。"她的心事早被祖凤看出，就说："小姐，你又想家了。我见这样，就舍不得让你自己住着，没人服侍。我实在苦了你。”和鸾说：“我并不是为没人服侍而愁，瞧你去那么久，我还是自自然然地过日子就可以知道。只要你能得着一个小差事，我就不愁了。”祖凤说：“我实在不敢辜负小姐的好意。这次回来无非是要瞧瞧你。我只告一礼拜的假，今天又得回去。论理我是不该走得那么快，无奈……”和鸾说：“这倒是不妨。你瞧什么时候应当回去就回去，又何必发愁呢？”祖凤说：“那么，我待一会，就要走啦。”他抬头瞧见那只琵琶挂在墙上，说笑着对和鸾说：“小姐，我许久不听你弹琵琶了。现在请你随便弹一支给我听，好不好？”和鸾也很喜欢地说：“好。我就弹一支粤讴当作给你送行的歌儿罢。”她抱着乐器，定神想了一定，就唱道：

暂时慨离别，犯不着短叹长嘘，君若嗟叹就唔配称做须眉。

劝君莫因穷困就添愁绪，因为好多古人都系出自寒微。

你睇樊哙当年曾与屠夫为伴侣；和尚为君重有个位老朱。

自古话事啥怕难为，只怕人有志，重任在身，切莫辜负你个堂堂七尺躯。

今日送君说不尽千万语，只愿你时常寄我好音书。

唉！我记住远地烟树，就系君去处。

劝君就动身罢，唔使再踌躇。

五、山大王

在那似烟非烟、似树非树的地平线上，仿佛有一个人影在那里走动。和鸾正在竹林里望着，因为祖凤好几个月没有消息了，她瞧着那人越来越近，心里以为是给她送信来的。她迎上去，却是祖凤。她问：“怎么又回来呢？”祖凤说：“民军解散了。”他说的时候，脸上显出很不快的样子，接着说：“小姐，我实在辜负了你的盼望。但这次销差的不止我一人，连金权一班的朋友都回来了。”和鸾见他发愁，就安慰他说：“不要着急，大器本来是晚成的。你且休息一下，过些日再设法罢。”她伸手要替祖凤除下背上的包袱，却被祖凤止住。二人携手到小屋里，和鸾还对他说了好些安慰的话。

时光一天一天地过去，祖凤在家里很觉厌腻，可巧他的机会又到了。金权到他那里，把他叫出来，同在竹林底下坐着。金权问：“你还记得金成么？”祖凤说：“为什么记不得，他现在怎样啦？”金权说：“革命的时候，他从监里逃出来。一向就在四邑一带打劫。现时他在百峰山附近的山寨住着，要多招几个人入伙，所以我特地来召你同行。”祖凤沉思了一会，就说：“我不能去。因为这事一说起来，我的小姐必定不乐意。这杀头的事谁还敢去干呢？”金权说：“咦，你这人真笨！若是会死，连我也不敢去，还敢来招你吗？现在的官兵未必能比咱们强，他们一打不过，就会设法招安，那时我们可又不是好人、军官么？你不曾说过你的小姐要等你做到军官的时候才许你成婚吗？现在有那么好机会不投，还等什么时候呢？从前要做武官是考武秀、武举，现在只要先上梁山做大王，一招安至小也有排长、连长。你瞧金成有好几个朋友从前都是山寨里的八拜兄弟，现在都做了什么司令、什么镇守使了。听说还有想做督军的哪。……”祖凤插嘴说：“督军是什么？”金权答道：“哎，你还不知道吗？督军就是总督和将军合成一个的意思，是全国最大的官。我想做官的道路，再没有比这条简捷的了。当兵和做强盗本来没有什么分别，不过他们的招牌正一点，敢青天白日地抢人，我们只在暗里胡挝就是了。你就同我去罢，一定没有伤害的。”祖凤说：“你说的虽然有理，但这些话决不能对小姐说起的。我还是等着别的机会罢。”金权说：“呀，你真呆！对付女人是一桩极容易的事情，你何必用真实的话对她说呢？往时你有聪明骗她出来，现在就不能再哄她一次吗？我想你可以对她说现在各处的人民都起了勤王的兵，你也要投军去。她听了一定很喜欢，那就没有不放你去的道理。”祖凤给他劝得活动起来，就说：“对呀！这法子稍微可以用得。我就相机行事罢。”金权说：“那么，我先回去候你的信。”他说完，走几步，又回

批注空间

头说："你可不要对她提起金成的名字。"

祖凤进去和和鸾商量妥当，第二天和金权一同搬到金成那里。他们走了两三天才到山麓。祖凤扶着和鸾一步一步地上去，歇了好几次才到山顶。那山上有几间破寨，金成就让他们二人同在一间小寨住着。他们常常下山，有时几十天也不回来一次。和鸾在那里越觉寂寞，因为从前还有几个邻村的妇人来谈谈，现在山上只有她和几个守寨的老贼。她每日有这几个人服侍，外面虽觉好些，但精神的苦痛是比从前厉害得多。她正在那里闷着，老贼金照跑进来说："小姐，他们回来了，现在都在金权寨里哪。金凤叫我来问小姐要穿的还是要戴的，请告诉他，他可以给小姐拿来。"他的口音不大清楚，所以和鸾听不出什么意思来。和鸾说："你去叫他来罢。我不明白你所说的是什么意思。"金照只得就去叫祖凤来。和鸾说："金照来说了大半天，我总听不出什么意思。到底问我要什么？"祖凤从口袋里掏出几只戒指和几串珠子，笑着说："我问你是要这个，或是要衣服。"和鸾诧异到了不得，注目在祖凤脸上说："呀呀！这是从哪里得来的？你莫不是去打劫么？"祖凤从容地说："哪里是打劫，不过咱们的兵现在没有正饷，暂时向民间借用。可幸乡下的绅士们都很仗义，他们捐的钱不够，连家里的金珠宝贝都拿出来。这是发饷时剩下的。还有好些绸缎哪。你若要时，我叫人拿来给你挑选几件。"和鸾说："这些东西，现时在我身上都没有什么用处。你下次出差去的时候，记得给我带些书籍来，我可以借此解解心闷。"祖凤笑说："哈哈，谁愿意带那些笨重的东西上山呢？现在的上等女人都不兴念书了。我在省城，瞧见许多太太、夫人们都是这样。她们只要粉擦得白，头梳得光，衣服穿得漂亮就够了。不就女人，连男子也是如此。前几年，我们的营扎在省城一间什么南强公学，里头的书籍很多，听说都是康圣人的。我们兄弟们嫌那些东西多占地位，一担只卖一块钱，不到三天，都让那班小贩买去包东西了。况且我们走路要越轻省越好，若是带书籍，不上三五本就很麻烦啦。好罢，你若是一定要时，我下次就给你带几本来。"说话时，金权又来把他叫去。

祖凤跑到金成寨里，瞧见三四个娄罗坐在那里，早猜着好

批注空间

事又来了。金成起来对祖凤说道："方才钦哥和琉哥来报了两宗肥事：第一，是梁老太爷过几天要出门，我们可以把他拿回来。他儿子现时在京做大官，必定要拿好些钱财来赎回去；第二件是宁阳铁路这几个月常有金山丁（美洲及澳洲华侨）往来。我想找一个好日子，把他们全网打来。我且问你办哪一样最好？劫火车虽说富足一点，但是要用许多手脚。若是劫梁老太爷，只须五六个人就够了。"祖凤沉吟半晌说："我想劫火车好一点。若要多用人，我们可以招聚些。"金成说："那么，你就先到各山寨去招人罢。约好了我们再出发。"

六、他的生活

那日下午，火车从北街开行。搭客约有二百余人，金成、祖凤和好些娄罗都扮作搭客，分据在二、三等车里。祖凤拿出时计来一看，低声对坐在身边的同伴说："三点半了，快预备着。"他说完把窗门托下来，往外直望。那时火车快到汾水江地界，正在蒲葵园或芭蕉园中穿行，从窗一望都是绿色的叶子，连人影也不见。走的时候，车忽然停住。祖凤、金成和其余的都拿出手枪来，指着搭客说："是伶俐人就不要下车。个个人都得坐定，不许站起来。"他们说的时候，好些贼从蒲葵园里钻出来，各人都有凶器在手里。那班贼上了车，就对金成说："先把头、二等车封锁起来，我们再来验这班孤寒鬼。"他们分头挡住头、二等的车门，把那班三等客逐个验过。教每人都伸手出来给他们瞧。若是手长得幼嫩一点的就把他留住。其余粗手、赤脚、肩上有瘢和皮肤粗黑的人，都让他们下车。他们对那班人说："饶了你们这些穷鬼罢。把东西留下，快走。不然，要你们的命。"祖凤把客人所看的书报、小说胡乱抢了几本藏在自己怀中，然后押着那班被掳的下来。

他们把留住的客人，一个夹一个下来。其中有男的，有女的，有金山丁、官僚、学生、工人和管车的，一共有九十六人。那里离河不远，娄罗们早已预备了小汽船在河边等候。他们将

批注空间

这九十六人赶入船里，一个挨一个坐着。且用枪指着，不许客人声张。船走了约有二点钟的光景，才停了轮，那时天已黑了。他们上岸，穿过几丛树林，到了一所荒寨。金成吩咐众娄罗说："你们先去弄东西吃。今晚就让这些货在这里。挑两三个女人送到我那里去，再问凤哥、权哥们要不要。若是有剩就随你们的便。"娄罗们都遵着命令，各人办各人的事去了。

第二天早晨，众贼都围在金成身边，听候调遣。金成对金权说："女人都让你去办罢。有钱的叫她家里来赎；其余的，或是放回或是送到澳门去，都随你的便。"他又把那些男子的姓名、住址问明白，派娄罗各处去打听，预备向他们家里拿相当的金钱来赎回去。娄罗们带了几个外省人来到他跟前。他一问了，知道是做官、当委员的，就大骂说："你们这些该死的，只会铲地皮，和与我们作对头，今天到我手里，别再想活着。人来，把他们捆在树上，枪毙。"众娄罗七手八脚，不一会都把他们打死了。

三五天后，被派出去的娄罗都回来报各人家里的景况。金成叫各人写信回家取钱，叫祖凤检阅他们的书信。祖凤在信里瞧见一句"被绿林之豪掳去……七月三十日以前……"和"六年七月十九"，就叫那写信的人来说："你这信，到底包藏些什么暗号？你要请官兵来拿我们吗？"他指着"绿林"、"掳"、"六年七月"等字，问说："这些是什么字？若说不出来，就要你的狗命。现在明明是六月，为何写六年七月？"祖凤不认得那些字，思疑里面有别的意思。所以对着那人说："凡我不认得的字都不许写，你就改作'被山大王捉去'，和'丁巳六月'罢。以后再这样，可就不饶你了。晓得么？"检阅时，金权带了两个人来，说："这两个人实在是穷，放了他们罢。"祖凤说："金成说放就放，我不管。"他就跑到金成那里说："放了他们罢。"金成说："不。咱们决不能白放人。他们虽然穷，命还是有用的。咱们就要他们的命来警戒那些有钱而不肯拿出来的人。你且把他们捆在那边，再叫那班人出来瞧。"金成瞧那些俘虏出来，就对他们说："你们都瞧那两个人就是有钱不肯花的。你们若不赶快叫家里拿钱来，我必要一天把你们当中的人枪毙两个，像他们现在一样。"

众人见他们二人死了，都吓得抖擞起来。祖凤说："你们若是精乖，就得速速拿钱来，省得死在这里。"

他们在那寨里正摆布得有条有理，一个娄罗来回报说："官军已到北街了。"金成说："那么，我们就把这些人分开罢。我和金凤、金权同在一处，将二十人给我们带去。剩下的叫金球和金胜分头带走。"祖凤把四个司机人带来，说："这四个是工人，家里也没有什么钱，不如放了他们罢。"金成说："凤哥，你的打算差了。咱们时常要在铁路上往来，若是放他们回去，将来的祸根不小。我想还是请他们去见阎王好一点。"

他们把那几个司机人杀掉以后，各头目带着自己的俘虏分头逃走。金成、祖凤和金权带着二十人，因为天气尚早，先叫他们伏在蒲葵园的叶下，到晚上才把他们带出来。他走了一夜才到山寨。上山后，祖凤拿几本书赶紧跑到自己的寨里，对和鸾说："我给你带书来了。我们掳了好些违抗王师的人回来，现在满山寨都是人哪。"和鸾接过书来瞧一瞧，说："这有什么用？"他悻悻地说："你瞧！正经给你带来，你又说没用处。我早说了，倒不如多掳几个人回来更好哪。"和鸾问："怎么说？""我们掳人回来可以得着他们家里的取赎钱。"和鸾又问："怎样叫他们来赎，若是不肯来，又怎办？"祖凤说："若是要赎回去的话，他们家里的人可以到澳门我们的店里，拿二三斤鸦片或是几箱好烟叶做开门礼，我们才和他讲价。若不然，就把他们治死。"和鸾说："这可不是近于强盗的行为么？"他心里暗笑，口里只答应说："这是不得已的。"他恐怕被和鸾问住，就托故到金成寨里去了。

过不多的日子，那班俘虏已经被人赎回一大半。那晚该祖凤的班送人下山。他用手巾把那几个俘虏的眼睛缚住，才叫娄罗们扶他们下山，自己在后头跟着。他去后不到三点钟的工夫，忽然山后一阵枪声越响越近。金成和剩下的娄罗各人携着枪械下山迎敌。枪声一呼一应，没有片刻停止。和鸾吓得不敢睡，眼瞧着天亮了，那枪声还是不息。她瞧见山下一支人马向山顶奔来，一枝旗飘荡着，却认不得是哪一国的旗帜。她害怕得很，要跑到山洞里躲藏。一出门，已有两个兵追着她。她被迫到一

批注空间

批注空间

个断崖上头，听见一个兵说："吓，这里还有那么好的货，咱们上前把她搂过来受用。"那兵方要进前，和鸾大声喝道："你们这些作乱的人，休得无礼！"二人不理会她，还是要进步。一个兵说："呀，你会飞！"他们捝不着和鸾，正在互相埋怨。一个军官来到，喝着说："你们在这里干什么？还不跟我到处搜去。"

从这军官的服装看来，就知道他是一位少校。他的行动十分敏捷，像很能干似的。他搜到和鸾所住的寨里，无意中搜出她的衣服。又把壁上的琵琶拿下来，他见上面贴着一张红纸条，写着："表寸心"，底下还写了她自己的名字。军官就很是诧异，说："哼，原来你在这里！"他回头对众兵丁说："拿住多少贼啦？"都说："没有。""女人呢？""也没有。"他把衣物交给兵丁，叫他们先下山去，自己还在那里找寻着。

唉！他的寻找是白费的。他回到营里，天色已是不早，就叫卫兵拿了一盏油灯来，把所得的东西翻来覆去地瞧着。他叹息几声，把东西搁下，起来，在屋里踱来踱去。半晌的工夫，他就拿起笔来写一封信：

> 贤妻如面：此次下乡围捕，于贼寨中搜出令姊衣物多件，然余遍索山中，了无所得，寸心为之怅然。忆昔年之年，余犹以虐谑为咎，今而后知其为贼所掳也。兹命卫卒将衣物数事，先呈妆次，俟余回时，再为卿详道之。
>
> 夫祯白

他把信封好，叫一个兵来将信件拿去。自己眼瞪瞪坐在那里，把手向腿上一拍。门外的岗兵顺着响处一望，仿佛听着他的长官说："啊，我现在才明白你的意思。只是你害杀婢而了。"

命命鸟

敏明坐在席上，手里拿着一本《八大人觉经》，流水似的念着。她的席在东边的窗下，早晨的日光射在她脸上，照得她的身体全然变成黄金的颜色。她不理会日光晒着她，却不歇地抬头去瞧壁上的时计，好像等什么人来似的。

那所屋子是佛教青年会的法轮学校。地上满铺了日本花席，八九张矮小的几子横在两边的窗下。壁上挂的都是释迦应化的事迹，当中悬着一个卍字徽章和一个时计。一进门就知那是佛教的经堂。

敏明那天来得早一点，所以屋里还没有人。她把各样功课念过几遍，瞧壁上的时计正指着六点一刻。她用手挡住眉头，望着窗外低声地说："这时候还不来上学，莫不是还没有起床？"

敏明所等的是一位男同学加陵。他们是七八年的老同学，年纪也是一般大。他们的感情非常的好，就是新来的同学也可以瞧得出来。

"铿铛……铿铛……"一辆电车循着铁轨从北而来，驶到学校门口停了一会。一个十五六岁的美男子从车上跳下来。他的头上包着一条苹果绿的丝巾；上身穿着一件雪白的短褂；下身围着一条紫色的丝裙；脚下踏着一双芒鞋，俨然是一位缅甸的世家子弟。这男子走进院里，脚下的芒鞋拖得拍答拍答地响。那声音传到屋里，好像告诉敏明说："加陵来了！"

敏明早已瞧见他，等他走近窗下，就含笑对他说："哼哼，加陵！请你的早安。你来得算早，现在才六点一刻咧。"加陵回

批注空间

答说："你不要讥诮我，我还以为我是第一早的。"他一面说一面把芒鞋脱掉，放在门边，赤着脚走到敏明跟前坐下。

加陵说："昨晚上父亲给我说了好些故事，到十二点才让我去睡，所以早晨起得晚一点。你约我早来，到底有什么事？"敏明说："我要向你辞行。"加陵一听这话，眼睛立刻瞪起来，显出很惊讶的模样，说："什么？你要往哪里去？"敏明红着眼眶回答说："我的父亲说我年纪大了，书也念够了，过几天可以跟着他专心当戏子去，不必再像从前念几天唱几天那么劳碌。我现在就要退学，后天将要跟他上普朗去。"加陵说："你愿意跟他去吗？"敏明回答说："我为什么不愿意？我家以演剧为职业是你所知道的。我父亲虽是一个很有名、很能赚钱的俳优，但这几年间他的身体渐渐软弱起来，手足有点不灵活，所以他愿意我和他一块儿排演。我在这事上很有长处，也乐得顺从他的命令。"加陵说："那么，我对于你的意思就没有挽回的余地了。"敏明说："请你不必为这事纳闷。我们的离别必不能长久的。仰光是一所大城，我父亲和我必要常在这里演戏。有时到乡村去，也不过三两个星期就回来。这次到普朗去，也是要在那里耽搁八九天。请你放心……"

加陵听得出神，不提防外边早有五六个孩子进来，有一个顽皮的孩子跑到他们的跟前说："请'玫瑰'和'蜜蜂'的早安。"他又笑着对敏明说："'玫瑰'花里的甘露流出来咧。"——他瞧见敏明脸上有一点泪痕，所以这样说。西边一个孩子接着说："对呀！怪不得'蜜蜂'舍不得离开她。"加陵起身要追那孩子，被敏明拦住。她说："别和他们胡闹。我们还是说我们的罢。"加陵坐下，敏明就接着说："我想你不久也得转入高等学校，盼望你在念书的时候要忘了我，在休息的时候要记念我。"加陵说："我决不会把你忘了。你若是过十天不回来，或者我会到普朗去找你。"敏明说："不必如此。我过几天准能回来。"

说的时候，一位三十多岁的教师由南边的门进来。孩子们都起立向他行礼。教师蹲在席上，回头向加陵说："加陵，昙摩蜱和尚叫你早晨和他出去乞食。现在六点半了，你快去罢。"加陵听了这话，立刻走到门边，把芒鞋放在屋角的架上，随手拿了一把油伞就要出门。教师对他说："九点钟就得回来。"加陵答应一声就去了。

加陵回来，敏明已经不在她的席上。加陵心里很是难过，脸上却不露出什么不安的颜色。他坐在席上，仍然念他的书。晌午的时候，那位教师说："加陵，早晨你走得累了，下午给你半天假。"加陵一面谢过教师，一面检点他的文具，慢慢地走回家去。

加陵回到家里，他父亲婆多瓦底正在屋里嚼槟榔。一见加陵进来，忙把沫红唾出，问道："下午放假么？"加陵说："不是，是先生给我的假。因为早晨我跟昙摩蜱和尚出去乞食，先生说我太累，所以给我半天假。"他父亲说："哦，昙摩蜱在道上曾告诉你什么事情没有？"加陵答道："他告诉我说，我的毕业期间快到了，他愿意我跟他当和尚去，他又说：这意思已经向父亲提过了。父亲啊，他实在向你提过这话么？"婆多瓦底说："不错，他曾向我提过。我也很愿意你跟他去。不知道你怎样打算？"加陵说："我现在有点不愿意。再过十五六年，或者能够从他。我想再入高等学校念书，盼望在其中可以得着一点西洋的学问。"他父亲诧异说："西洋的学问，啊！我的儿，你想差了。西洋的学问不是好东西，是毒药哟。你若是有了那种学问，你就要藐视佛法了。你试瞧瞧在这里的西洋人，多半是干些杀人的勾当，做些损人利己的买卖，和开些诽谤佛法的学校。什么圣保罗因斯提丢啦、圣约翰海斯苦尔啦，没有一间不是诽谤佛法的。我说你要求西洋的学问会发生危险就在这里。"加陵说："诽谤与否，在乎自己，并不在乎外人的煽惑。若是父亲许我入圣约翰海斯苦尔，我准保能持守得住，不会受他们的诱惑。"婆多瓦底说："我是很爱你的，你要做的事情，若是没有什么妨害，我一定允许你。要记得昨晚上我和你说的话。我一想起当日你叔叔和你的白象主（缅甸王尊号）提婆的事，就不由得我不恨西洋人。我最沉痛的是他们在蛮得勒将白象主掳去；又在瑞大光塔设驻防营。瑞大光塔是我们的圣地，他们竟然叫些行凶的人在那里住，岂不是把我们的戒律打破了吗？……我盼望你不要入他们的学校，还是清清净净去当沙门。一则可以为白象主

批注空间

批注空间

忏悔；二则可以为你的父母积福；三则为你将来往生极乐的预备。出家能得这几种好处，总比西洋的学问强得多。”加陵说：“出家修行，我也很愿意。但无论如何，现在决不能办。不如一面入学，一面跟着昙摩蜱学些经典。”婆多瓦底知道劝不过来，就说：“你既是决意要入别的学校，我也无可奈何，我很喜欢你跟昙摩蜱学习经典。你毕业后就转入仰光高等学校罢。那学校对于缅甸的风俗比较保存一点。”加陵说：“那么，我明天就去告诉昙摩蜱和法轮学校的教师。”婆多瓦底说：“也好。今天的天气很清爽，下午你又没有功课，不如在午饭后一块儿到湖里逛逛。你就叫他们开饭罢。”婆多瓦底说完，就进卧房换衣服去了。

原来加陵住的地方离绿绮湖不远。绿绮湖是仰光第一大、第一好的公园，缅甸人叫他作干多支。“绿绮”的名字是英国人替它起的。湖边满是热带植物。那些树木的颜色、形态，都是很美丽，很奇异。湖西远远望见瑞大光，那塔的金色光衬着湖边的椰树、蒲葵，真像王后站在水边，后面有几个宫女持着羽葆随着她一样。此外好的景致，随处都是。不论什么人，一到那里，心中的忧郁立刻消灭。加陵那天和父亲到那里去，能得许多愉快是不消说的。

过了三个月，加陵已经入了仰光高等学校。他在学校里常常思念他最爱的朋友敏明。但敏明自从那天早晨一别，老是没有消息。有一天，加陵回家，一进门仆人就递封信给他。拆开看时，却是敏明的信。加陵才知道敏明早已回来，他等不得见父亲的面，翻身出门，直向敏明家里奔来。

敏明的家还是住在高加因路，那地方是加陵所常到的。女仆玛弥见他推门进来，忙上前迎他说：“加陵君，许久不见啊！我们姑娘前天才回来的。你来得正好，待我进去告诉她。”她说完这话就速速进里边去，大声嚷道：“敏明姑娘，加陵君来找你呢。快下来罢。”加陵在后面慢慢地走，待要踏入厅门，敏明已迎出来。

敏明含笑对加陵说：“谁教你来的呢？这三个月不见你的信，大概因为功课忙的缘故罢？”加陵说：“不错，我已经入了高等学校，每天下午还要到昙摩蜱那里……唉，好朋友，我就是有

批注空间

工夫，也不能写信给你。因为我抓起笔来就没了主意，不晓得要写什么才能叫你觉得我的心常常有你在里头。我想你这几个月没有信给我，也许是和我一样地犯了这种毛病。”敏明说：“你猜得不错。你许久不到我屋里了，现在请你和我上去坐一会。”敏明把手搭在加陵的肩胛上，一面吩咐玛弥预备槟榔、淡巴菰和些少细点，一面携着加陵上楼。

敏明的卧室在楼西。加陵进去，瞧见里面的陈设还是和从前差不多。楼板上铺的是土耳其绒毯。窗上垂着两幅很细致的帷子。她的奁具就放在窗边。外头悬着几盆风兰。瑞大光的金光远远地从那里射来。靠北是卧榻，离地约一尺高，上面用上等的丝织物盖住。壁上悬着一幅提婆和率斐雅洛观剧的画片。还有好些绣垫散布在地上。加陵拿一个垫子到窗边，刚要坐下，那女仆已经把各样吃的东西捧上来。“你嚼槟榔啵。”敏明说完这话，随手送了一个槟榔到加陵嘴里，然后靠着她的镜台坐下。

加陵嚼过槟榔，就对敏明说：“你这次回来，技艺必定很长进，何不把你最得意的艺术演奏起来，我好领教一下。”敏明笑说：“哦，你是要瞧我演戏来的。我死也不演给你瞧。”加陵说：“有什么妨碍呢？你还怕我笑你不成？快演罢，完了咱们再谈心。”敏明说：“这几天我父亲刚刚教我一套雀翎舞，打算在涅槃节期到比古演奏，现在先演给你瞧罢。我先舞一次，等你瞧熟了，再奏乐和我。这舞蹈的谱可以借用‘达撒罗撒’，歌调借用‘恩斯民’。这两支谱，你都会吗？”加陵忙答应说：“都会，都会。”

加陵擅于奏巴打拉（一种竹制的乐器，详见《大清会典图》），他一听见敏明叫他奏乐，就立刻叫玛弥把那种乐器搬来。等到敏明舞过一次，他就跟着奏起来。

敏明两手拿住两把孔雀翎，舞得非常的娴熟。加陵所奏的巴打拉也还跟得上，舞过一会，加陵就奏起“恩斯民”的曲调，只听敏明唱道：

孔雀！孔雀！你不必赞我生得俊美；
我也不必嫌你长得丑劣。
咱们是同一个身心，

同一副手脚。
我和你永远同在一个身里住着，
我就是你啊，你就是我。
别人把咱们的身体分作两个，
是他们把自己的指头压在眼上，
所以会生出这样的错。
你不要像他们这样的眼光，
要知道我就是你啊，你就是我。

敏明唱完，又舞了一会。加陵说："我今天才知道你的技艺精到这个地步。你所唱的也是很好。且把这歌曲的故事说给我听。"敏明说："这曲倒没有什么故事，不过是平常的恋歌，你能把里头的意思听出来就够了。"加陵说："那么，你这支曲是为我唱的。我也很愿意对你说：我就是你，你就是我。"

他们二人的感情几年来就渐渐浓厚。这次见面的时候，又受了那么好的感触，所以彼此的心里都承认他们求婚的机会已经成熟。

敏明愿意再帮父亲二三年才嫁，可是她没有向加陵说明。加陵起先以为敏明是一个很信佛法的女子，怕她后来要到尼庵去实行她的独身主义，所以不敢动求婚的念头。现在瞧出她的心志不在那里，他就决意回去要求婆多瓦底的同意，把她娶过来。照缅甸的风俗，子女的婚嫁本没有要求父母同意的必要，加陵很尊重他父亲的意见，所以要履行这种手续。

他们谈了半晌工夫，敏明的父亲宋志从外面进来，抬头瞧见加陵坐在窗边，就说："加陵君，别后平安啊！"加陵忙回答他，转过身来对敏明说："你父亲回来了。"敏明待下去，她父亲已经登楼。他们三人坐过一会，谈了几句客套，加陵就起身告辞。敏明说："你来的时间不短，也该回去了。你且等一等，我把这些舞具收拾清楚，再陪你在街上走几步。"

宋志眼瞧着他们出门，正要到自己屋里歇一歇，恰好玛弥上楼来收拾东西。宋志就对她说："你把那盘槟榔送到我屋里去罢。"玛弥说："这是他们剩下的，已经残了。我再给你拿些新鲜的来。”

玛弥把槟榔送到宋志屋里，见他躺在席上，好像想什么事情似的。宋志一见玛弥进来，就起身对她说：“我瞧他们两人实在好得太厉害。若是敏明跟了他，我必要吃亏。你有什么好方法叫他们二人的爱情冷淡没有？”玛弥说：“我又不是蛊师，哪有好方法离间他们？我想主人你也不必想什么方法，敏明姑娘必不至于嫁他。因为他们一个是属蛇，一个是属鼠的（缅甸的生肖是算日的，礼拜四生的属鼠，礼拜六生的属蛇），就算我们肯将姑娘嫁给他，他的父亲也不愿意。”宋志说：“你说的虽然有理，但现在生肖相克的话，好些人都不注重了。倒不如请一位蛊师来，请他在二人身上施一点法术更为得计。”

印度支那间有一种人叫作蛊师，专用符咒替人家制造命运。有时叫没有爱情的男女，忽然发生爱情；有时将如胶似漆的夫妻化为仇敌。操这种职业的人以暹罗的僧侣最多，且最受人信仰。缅甸人操这种职业的也不少。宋志因为玛弥的话提醒他，第二天早晨他就出门找蛊师去了。

晌午的时候，宋志和蛊师沙龙回来。他让沙龙进自己的卧房。玛弥一见沙龙进来，木鸡似的站在一边。她想到昨天在无意之中说出蛊师，引起宋志今天的实行，实在对不起她的姑娘。她想到这里，就一直上楼去告诉敏明。

敏明正在屋里念书，听见这消息，急和玛弥下来，蹑步到屏后，倾耳听他们的谈话。只听沙龙说：“这事很容易办。你可以将她常用的贴身东西拿一两件来，我在那上头画些符，念些咒，然后给回她用，过几天就见功效。”宋志说：“恰好这里有她一条常用的领巾，是她昨天回来的时候忘记带上去的。这东西可用吗？”沙龙说：“可以的，但是能够得着……”

敏明听到这里已忍不住，一直走进去向父亲说：“阿爸，你何必摆弄我呢？我不是你的女儿吗？我和加陵没有什么意，请你放心。”宋志蓦地里瞧见他女儿进来，简直不知道要用什么话对付她。沙龙也停了半晌才说：“姑娘，我们不是谈你的事。请你放心。”敏明斥他说：“狡猾的人，你的计我已知道了。你快去办你的事罢。”宋志说，“我的儿，你今天疯了吗？你且坐下，

批注空间

我慢慢给你说。”

敏明哪里肯依父亲的话，她一味和沙龙吵闹，弄得她父亲和沙龙很没趣。不久，沙龙垂着头走出来；宋志满面怒容蹲在床上吸烟；敏明也愤愤地上楼去了。

敏明那一晚上没有下来和父亲用饭。她想父亲终久会用蛊术离间他们，不由得心里难过。她躺在床上翻来覆去。绣枕早已被她的眼泪湿透了。

第二天早晨，她到镜台梳洗，从镜里瞧见她满面都是鲜红色，——因为绣枕褪色，印在她的脸上——不觉笑起来。她把脸上那些印迹洗掉的时候，玛弥已捧一束鲜花、一杯咖啡上来。敏明把花放在一边，一手倚着窗棂，一手拿住茶杯向窗外出神。

她定神瞧着围绕瑞大光的彩云，不理会那塔的金光向她的眼睑射来，她精神因此就十分疲乏。她心里的感想和目前的光融洽，精神上现出催眠的状态。她自己觉得在瑞大光塔顶站着，听见底下的护塔铃叮叮当当地响。她又瞧见上面那些王侯所献的宝石，个个都发出很美丽的光明。她心里喜欢得很，不歇用手去摩弄，无意中把一颗大红宝石摩掉了。她忙要俯身去捡时，那宝石已经掉在地上，她定神瞧着那空儿，要求那宝石掉下的缘故，不觉有一种更美丽的宝光从那里射出来。她心里觉得很奇怪，用手扶着金壁，低下头来要瞧瞧那空儿里头的光景。不提防那壁被她一推，渐渐向后，原来是一扇宝石的门。

那门被敏明推开之后，里面的光直射到她身上。她站在外边，望里一瞧，觉得里头的山水、树木，都是她平生所不曾见过的。她在不知不觉中，已经向前走了几十步。耳边恍惚听见有人对她说：“好啊！你回来啦。”敏明回头一看，觉得那人很熟悉，只是一时不能记出他的名字。她听见“回来”这两字，心里很是纳闷，就向那人说：“我不住在这里，为何说我回来？你是谁？我好像在哪里与你会过似的。这是什么地方？”那人笑说：“哈哈！去了这些日子，连自己家乡和平日间往来的朋友也忘了。肉体的障碍真是大哟。”敏明听了这话，简直莫名其妙。又问他说：“我是谁？有那么好福气住在这里。我真是在这里住过吗？”那人回答说：“你是谁？你自己知道。若是说你不曾住过这里，我就领你到处逛一逛，瞧你认得不认得。”

敏明听见那人要领她到处去逛逛，就忙忙答应，但所见的东西，敏明一点也记不清楚，总觉得样样都是新鲜的。那人瞧见敏明那么迷糊，就对她说：“你既然记不清，待我一件一件告诉你。”

敏明和那人走过一座碧玉牌楼。两边的树罗列成行，开着很好看的花。红的、白的、紫的、黄的，各色齐备。树上有些鸟声，唱得很好听。走路时，有些微风慢慢吹来，吹得各色的花瓣纷纷掉下：有些落在人的身上；有些落在地上；有些还在空中飞来飞去。敏明的头上和肩膀上也被花瓣贴满，遍体熏得很香。那人说：“这些花木都是你的老朋友，你常和它们往来。它们的花是长年开放的。”敏明说：“这真是好地方，只是我总记不起来。”

走不多远，忽然听见很好的乐音。敏明说：“谁在那边奏乐？”那人回答说：“哪里有人奏乐，这里的声音都是发于自然的。你所听的是前面流水的声音。我们再走几步就可以瞧见。”进前几步果然有些泉水穿林而流。水面浮着奇异的花草，还有好些水鸟在那里游泳。敏明只认得些荷花、鸂鶒，其余都不认得。那人很不耐烦，把各样的东西都告诉她。

他们二人走过一道桥，迎面立着一片琉璃墙。敏明说：“这墙真好看，是谁在里面住？”那人说：“这里头是乔答摩宣讲法要的道场。现时正在演说，好些人物都在那里聆听法音。转过这个墙角就是正门。到的时候，我领你进去听一听。”敏明贪恋外面的风景，不愿意进去。她说：“咱们逛会儿再进去罢。”那人说：“你只会听粗陋的声音，看简略的颜色和闻污劣的香味。那更好的、更微妙的，你就不理会了。……好，我再和你走走，瞧你了悟不了悟。”

二人走到墙的尽头，还是穿入树林。他们踏着落花一直进前，树上的鸟声，叫得更好听。敏明抬起头来，忽然瞧见南边的树枝上有一对很美丽的鸟呆立在那里，丝毫的声音也不从他们的嘴里发出。敏明指着向那人说：“只只鸟儿都出声吟唱，为什么那对鸟儿不出声音呢？那是什么鸟？”那人说：“那是命命

批注空间

鸟。为什么不唱，我可不知道。”

敏明听见“命命鸟”三字，心里似乎有点觉悟。她注神瞧着那鸟，猛然对那人说：“那可不是我和我的好朋友加陵么，为何我们都站在那里？”那人说：“是不是，你自己觉得。”敏明抢前几步，看来还是一对呆鸟。她说：“还是一对鸟儿在那里，也许是我的眼花了。”

他们绕了几个弯，当前现出一节小溪把两边的树林隔开。对岸的花草，似乎比这边更新奇。树上的花瓣也是常常掉下来。树下有许多男女：有些躺着的，有些站着的，有些坐着的。各人在那里说说笑笑，都现出很亲密的样子。敏明说：“那边的花瓣落得更妙，人也多一点，我们一同过去逛逛罢。”那人说：“对岸可不能去。那落的叫作情尘，若是望人身上落得多了就不好。”敏明说：“我不怕。你领我过去逛逛罢。”那人见敏明一定要过去，就对她说：“你必要过那边去，我可不能陪你了。你可以自己找一道桥过去。”他说完这话就不见了。敏明回头瞧见那人不在，自己循着水边，打算找一道桥过去。但找来找去总找不着，只得站在这边瞧过去。

她瞧见那些花瓣越落越多，那班男女几乎被葬在底下。有一个男子坐在对岸的水边，身上也是满了落花。一个紫衣的女子走到他跟前说：“我很爱你，你是我的命。我们是命命鸟。除你以外，我没有爱过别人。”那男子回答说：“我对于你的爱情也是如此。我除了你以外不曾爱过别的女人。”紫衣女子听了，向他微笑，就离开他。走不多远，又遇着一位男子站在树下，她又向那男子说：“我很爱你，你是我的命。我们是命命鸟，除你以外，我没有爱过别人。”那男子也回答说：“我对于你的爱情也是如此。我除了你以外不曾爱过别的女人。”

敏明瞧见这个光景，心里因此发生了许多问题，就是：那紫衣女子为什么当面撒谎，和那两位男子的回答为什么不约而同？她回头瞧那坐在水边的男子还在那里，又有一个穿红衣的女子走到他面前，还是对他说紫衣女子所说的话。那男子的回答和从前一样，一个字也不改。敏明再瞧那紫衣女子，还是挨着次序向各个男子说话。她走远了，话语的内容虽然听不见，但她的形容老没有改变。各个男子对她也是显出同样的表情。

敏明瞧见各个女子对于各个男子所说的话都是一样；各个男子的回答也是一字不改，心里正在疑惑，忽然来了一阵狂风把对岸的花瓣刮得干干净净，那班男女立刻变成很凶恶的容貌，互相啮食起来。敏明瞧见这个光景，吓得冷汗直流。她忍不住就大声喝道："嗳呀！你们的感情真是反复无常。"

敏明手里那杯咖啡被这一喝，全都泻在她的裙上。楼下的玛弥听见楼上的喝声，也赶上来。玛弥瞧见敏明周身冷汗，扑在镜台上头，忙上前把她扶起，问道："姑娘你怎样啦？烫着了没有？"敏明醒来，不便对玛弥细说，胡乱答应几句就打发她下去。

敏明细想刚才的异象，抬头再瞧窗外的瑞大光，觉得那塔还是被彩云绕住，越显得十分美丽。她立起来，换过一条绛色的裙子，就坐在她的卧榻上头。她想起在树林里忽然瞧见命命鸟变作她和加陵那回事情，心中好像觉悟他们两个是这边的命命鸟，和对岸自称为命命鸟的不同。她自己笑着说："好在你不在那边。幸亏我不能过去。"

她自经过这一场恐慌，精神上遂起了莫大的变化。对于婚姻另有一番见解，对于加陵的态度更是不像从前。加陵一点也觉不出来，只猜她是不舒服。

自从敏明回来，加陵没有一天不来找她。近日觉得敏明的精神异常，以为自己没有向她求婚，所以不高兴。加陵觉得他自己有好些难解决的问题，不能不对敏明说。第一，是他父亲愿意他去当和尚；第二，纵使准他娶妻，敏明的生肖和他不对，顽固的父亲未必承认。现在瞧见敏明这样，不由得不把衷情吐露出来。

加陵一天早晨来到敏明家里，瞧见她的态度越发冷静，就安慰她说："好朋友，你不必忧心，日子还长呢。我在咱们的事情上头已经有了打算。父亲若是不肯，咱们最终的办法就是'照例逃走'。你这两天是不是为这事生气呢？"敏明说："这倒不值得生气。不过这几晚睡得迟，精神有一点疲倦罢了。"

加陵以为敏明的话是真，就把前日向父亲要求的情形说给

批注空间

她听。他说："好朋友，你瞧我的父亲多么固执。他一意要我去当和尚，我前天向他说些咱们的事，他还要请人来给我说法，你说好笑不好笑？"敏明说："什么法？"加陵说："那天晚上，父亲把昙摩蜱请来。我以为有别的事要和他商量，谁知他叫我到跟前教训一顿。你猜他对我讲什么经呢？好些话我都忘记了。内中有一段是很有趣、很容易记的。我且念给你听：

"佛问摩邓曰：'女爱阿难何似？'女言：'我爱阿难眼；爱阿难鼻；爱阿难口；爱阿难耳；爱阿难声音；爱阿难行步。'佛言：'眼中但有泪；鼻中但有洟；口中但有唾；耳中但有垢；身中但有屎尿，臭气不净。'

"昙摩蜱说得天花乱坠，我只是偷笑。因为身体上的污秽，人人都有，哪能因着这些小事，就把爱情割断呢？况且这经本来不合对我说；若是对你念，还可以解释得去。"

敏明听了加陵末了那句话，忙问道："我是摩邓吗？怎样说对我念就可以解释得去？"加陵知道失言，忙回答说："请你原谅，我说错了。我的意思不是说你是摩邓，是说这本经合于对女人说。"加陵本是要向敏明解嘲，不意反触犯了她。敏明听了那几句经，心里更是明白。他们两人各有各的心事，总没有尽情吐露出来。加陵坐不多会，就告辞回家去了。

涅槃节近啦。敏明的父亲直催她上比古去，加陵知道敏明明日要动身，在那晚上到她家里，为的是要给她送行。但一进门，连人影也没有，转过角门，只见玛弥在她屋里缝衣服。那时候约在八点钟的光景。

加陵问玛弥说："姑娘呢？"玛弥抬头见是加陵，就赔笑说："姑娘说要去找你，你反来找她。她不曾到你家去吗？她出门已有一点钟工夫了。"加陵说："真的么？"玛弥回了一声："我还骗你不成。"低头还是做她的活计。加陵说："那么，我就回去等她。……你请。"

加陵知道敏明没有别处可去，她一定不会趁瑞大光的热闹。他回到家里，见敏明没来，就想着她一定和女伴到绿绮湖上乘凉。因为那夜的月亮亮得很，敏明和月亮很有缘；每到月圆的时候，她必招几个朋友到那里谈心。

加陵打定主意，就向绿绮湖去。到的时候，觉得湖里静寂得很。这几天是涅槃节期，各庙里都很热闹，绿绮湖的冷月没人来赏玩，是意中的事。加陵从爱德华第七的造像后面上了山坡，瞧见没人在那里，心里就有几分诧异。因为敏明每次必在那里坐，这回不见她，谅是没有来。

他走得很累，就在凳上坐一会。他在月影朦胧中瞧见地下有一件东西，捡起来看时，却是一条蝉翼纱的领巾。那巾的两端都绣一个吉祥海云的徽识，所以他认得是敏明的。

加陵知道敏明还在湖边，把领巾藏在袋里，就抽身去找她。他踏一弯虹桥，转到水边的乐亭，瞧没有人，又折回来。他在山丘上注神一望，瞧见西南边隐隐有个人影，忙上前去，见有几分像敏明。加陵蹑步到野蔷薇垣后面，意思是要吓她。他瞧见敏明好像是找什么东西似的，所以静静伏在那里看她要做什么。

敏明找了半天，随在乐亭旁边摘了一枝优钵昙花，走到湖边，向着瑞大光合掌礼拜。加陵见了，暗想她为什么不到瑞大光膜拜去？于是再蹑足走近湖边的蔷薇垣，那里离敏明礼拜的地方很近。

加陵恐怕再触犯她，所以不敢作声。只听她的祈祷。

女弟子敏明，稽首三世诸佛：我自万劫以来，迷失本来智性，因此堕入轮回，成女人身。现在得蒙大慈，示我三生因果。我今悔悟，誓不再恋天人，致受无量苦楚。愿我今夜得除一切障碍，转生极乐国土。愿勇猛无畏阿弥陀，俯听恳求接引我。南无阿弥陀佛。

加陵听了她这番祈祷，心里很受感动。他没有一点悲痛，竟然从蔷薇垣里跳出来，对着敏明说："好朋友，我听你刚才的祈祷，知道你厌弃这世间，要离开它。我现在也愿意和你同行。"

敏明笑道："你什么时候来的？你要和我同行，莫不你也厌世吗？"加陵说："我不厌世。因为你的原故，我愿意和你同行。我和你分不开。你到哪里，我也到哪里。"敏明说："不厌世，就不必跟我去。你要记得你父亲愿你做一个转法轮的能手。你现在不必跟我去以后还有相见的日子。"加陵说："你说不厌世

批注空间

就不必死，这话有些不对。譬如我要到蛮得勒去，不是嫌恶仰光，不过我未到过那城，所以愿意去瞧一瞧。但有些人很厌恶仰光，他巴不得立刻离开才好。现在，你是第二类的人，我是第一类的人，为什么不让我和你同行？”敏明不料加陵会来，更不料他一下就决心要跟从她。现在听他这一番话语，知道他与自己的觉悟虽然不同，但她常感得他们二人是那世界的命命鸟，所以不甚阻止他。到这里，她才把前几天的事告诉加陵。加陵听了，心里非常的喜欢，说：“有那么好的地方，为何不早告诉我？我一定离不开你了，我们一块儿去罢。”

那时月光更是明亮。树林里萤火无千无万地闪来闪去，好像那世界的人物来赴他们的喜筵一样。

加陵一手搭在敏明的肩上，一手牵着她。快到水边的时候，加陵回过脸来向敏明的唇边啜了一下。他说：“好朋友，你不亲我一下么？”敏明好像不曾听见，还是直地走。

他们走入水里，好像新婚的男女携手入洞房那般自在，毫无一点畏缩。在月光水影之中，还听见加陵说：“咱们是生命的旅客，现在要到那个新世界，实在叫我快乐得很。”

现在他们去了！月光还是照着他们所走的路；瑞大光远远送一点鼓乐的声音来；动物园的野兽也都为他们唱很雄壮的欢送歌；唯有那不懂人情的水，不愿意替他们守这旅行的秘密，要找机会把他们的躯壳送回来。

缀网劳蛛

"我像蜘蛛,
命运就是我的网。"
我把网结好,
还住在中央。

呀,我的网甚时节受了损伤!
这一坏,教我怎地生长?
生的巨灵说:"补缀补缀罢。"
世间没有一个不破的网。

我再结网时,
要结在玳瑁梁栋
珠玑帘拢;
或结在断井颓垣
荒烟蔓草中呢?
生的巨灵按手在我头上说:
"自己选择去罢,
你所在的地方无不兴隆、亨通。"

虽然,我再结的网还是像从前那么脆弱,
敌不过外力冲撞;
我网的形式还要像从前那么整齐——

平行的丝连成八角、十二角的形状吗?
他把“生的万花筒”交给我，说：
“望里看罢，
你爱怎样，就结成怎样。”

呀，万花筒里等等的形状和颜色
仍与从前没有什么差别!
求你再把第二个给我，
我好谨慎地选择。
“咄咄！贪得而无智的小虫！
自而今回溯到　鸿，
从没有人说过里面有个形式与前相同。
去罢，生的结构都由这几十颗‘彩琉璃屑’幻成种种，
不必再看第二个生的万花筒。”

那晚上的月色格外明朗，只是不时来些微风把满园的花影移动得不歇地作响。素光从椰叶下来，正射在尚洁和她的客人史夫人身上。她们二人的容貌，在这时候自然不能认得十分清楚，但是二人对谈的声音却像幽谷的回响，没有一点模糊。

周围的东西都沉默着，像要让她们密谈一般，树上的鸟儿把喙插在翅膀底下；草里的虫儿也不敢作声；就是尚洁身边那只玉狸，也当主人所发的声音为催眠歌，只管鼾　地沉睡着。她用纤手抚着玉狸，目光注在她的客人身上，懒懒地说：“夺魁嫂子，外间的闲话是听不得的。这事我全不计较——我虽不信定命的说法，然而事情怎样来，我就怎样对付，毋庸在事前预先谋定什么方法。”

她的客人听了这场冷静的话，心里很是着急，说：“你对于自己的前程太不注意了！若是一个人没有长久的顾虑，就免不了遇着危险，外人的话虽不足信，可是你得把你的态度显示得明了一点，教人不疑惑你才是。”

尚洁索性把玉狸抱在怀里，低着头，只管摩弄。一会儿，她才冷笑了一声，说：“吓吓，夺魁嫂子，你的话差了，危险不

是顾虑所能闪避的。后一小时的事情，我们也不敢说准知道，哪哪能顾到三四个月、三两年那么长久呢？你能保我待一会不遇着危险，能保我今夜里睡得平安么？纵使我准知道今晚上会遇着危险，现在的谋虑也未必来得及。我们都在云雾里走，离身二三尺以外，谁还能知道前途的光景呢？经里说：'不要为明日自夸，因为一日要生何事，你尚且不能知道。'这句话，你忘了么？……唉，我们都是从渺茫中来，在渺茫中住，往渺茫中去。若是怕在这条云封雾锁的生命路程里走动，莫如止住你的脚步；若是你有漫游的兴趣，纵然前途和四围的光景暧昧，不能使你赏心快意，你也是要走的。横竖是往前走，顾虑什么？

“我们从前的事，也许你和一般侨寓此地的人都不十分知道。我不愿意破坏自己的名誉，也不忍教他出丑。你既是要我把态度显示出来，我就得略把前事说一点给你听，可是要求你暂时守这个秘密。

“论理，我也不是他的……”

史夫人没等她说完，早把身子挺起来，作很惊讶的样子，回头用焦急的声音说：“什么？这又奇怪了！”

“这倒不是怪事，且听我说下去。你听这一点，就知道我的全意思了。我本是人家的童养媳，一向就不曾和人行过婚礼——那就是说，夫妇的名分，在我身上用不着。当时，我并不是爱他，不过要仗着他的帮助，救我脱出残暴的婆家。走到这个地方，依着时势的境遇，使我不能不认他为夫……”

“原来你们的家有这样特别的历史。……那么，你对于长孙先生可以说没有精神的关系，不过是不自然的结合罢了。”

尚洁庄重地回答说：“你的意思是说我们没有爱情么？诚然，我从不曾在别人身上用过一点男女的爱情，别人给我的，我也不曾辨别过那是真的，这是假的。夫妇，不过是名义上的事，爱与不爱，只能稍微影响一点精神的生活，和家庭的组织是毫无关系的。

“他怎样想法子要奉承我，凡认识我的人都觉得出来。然而我却没有领他的情，因为他从没有把自己的行为检点一下。他的嗜好多，脾气坏，是你所知道的。我一到会堂去，每听到人

批注空间

家说我是长孙可望的妻子，就非常的惭愧。我常想着从不自爱的人所给的爱情都是假的。

“我虽然不爱他，然而家里的事，我认为应当替他做的，我也乐意去做。因为家庭是公的，爱情是私的。我们两人的关系，实在就是这样。外人说我和谭先生的事，全是不对的。我的家庭已经成为这样，我又怎能把它破坏呢？”

史夫人说：“我现在才看出你们的真相，我也回去告诉史先生，教他不要多信闲话。我知道你是好人，是一个纯良的女子，神必保佑你。”说着，用手轻轻地拍一拍尚洁的肩膀，就站立起来告辞。

尚洁陪她在花荫底下走着，一面说：“我很愿意你把这事的原委单说给史先生知道。至于外间传说我和谭先生有秘密的关系，说我是淫妇，我都不介意。连他也好几天不回来啦。我估量他是为这事生气，可是我并不辩白。世上没有一个人能够把真心拿出来给人家看；纵然能够拿出来，人家也看不明白，那么，我又何必多费唇舌呢？人对于一件事情一存了成见，就不容易把真相观察出来。凡是人都有成见，同一件事，必会生出歧异的评判，这也是难怪的。我不管人家怎样批评我，也不管他怎样疑惑我，我只求自己无愧，对得住天上的星辰和地下的蝼蚁便了。你放心罢，等到事情临到我身上，我自有方法对付。我的意思就是这样，若是有工夫，改天再谈罢。”

她送客人出门，就把玉狸抱到自己房里。那时已经不早，月光从窗户进来，歇在椅桌、枕席之上，把房里的东西染得和铅制的一般。她伸手向床边按了一按铃子，须臾，女佣妥娘就上来。她问：“佩荷姑娘睡了么？”妥娘在门边回答说：“早就睡了。消夜已预备好了，端上来不？”她说着，顺手把电灯拧着，一时满屋里都着上颜色了。

在灯光之下，才看见尚洁斜倚在床上。流动的眼睛，软润的颔颊，玉葱似的鼻，柳叶似的眉，桃绽似的唇，衬着蓬乱的头发……凡形体上各样的美都凑合在她头上。她的身体，修短也很合度。从她口里发出来的声音，都合音节，就是不懂音乐的人，一听了她的话语，也能得着许多默感。她见妥娘把灯拧

批注空间

亮了，就说：“把它拧灭了吧。光太强了，更不舒服。方才我也忘了留史夫人在这里消夜。我不觉得十分饥饿，不必端上来，你们可以自己方便去。把东西收拾清楚，随着给我点一支洋烛上来。”

妥娘遵从她的命令，立刻把灯灭了，接着说：“相公今晚上也许又不回来，可以把大门扣上吗？”

“是，我想他永远不回来了。你们吃完，就把门关好，各自歇息去罢，夜很深了。”

尚洁独坐在那间充满月亮的房里，桌上一枝洋烛已燃过三分之二，轻风频拂火焰，眼看那支发光的小东西要泪尽了。她于是起来，把烛火移到屋角一个窗户前头的小几上。那里有一个软垫，几上搁几本经典和祈祷文。她每夜睡前的功课就是跪在那垫上默记三两节经句，或是诵几句祷词。别的事情，也许她会忘记，唯独这圣事是她所不敢忽略的。她跪在那里冥想了许多，睁眼一看，火光已不知道在什么时候从烛台上逃走了。

她立起来，把卧具整理妥当，就躺下睡觉，可是她怎能睡着呢？呀，月亮也循着宾客的礼，不敢相扰，慢慢地辞了她，走到园里和它的花草朋友、木石知交周旋去了！

月亮虽然辞去，她还不转眼地望着窗外的天空，像要诉她心中的秘密一般。她正在床上辗来转去，忽听园里“嚁嚁”一声，响得很厉害，她起来，走到窗边，往外一望，但见一重一重的树影和夜雾把园里盖得非常严密，教她看不见什么。于是她蹑步下楼，唤醒妥娘，命她到园里去察看那怪声的出处。妥娘自己一个人哪里敢出去，她走到门房把团哥叫醒，央他一同到围墙边察一察。团哥也就起来了。

妥娘去不多会，便进来回话。她笑着说：“你猜是什么呢？原来是一个蹇运的窃贼摔倒在我们的墙根。他的腿已摔坏了，脑袋也撞伤了，流得满地都是血，动也动不得了。团哥拿着一枝荆条正在抽他哪。”

尚洁听了，一霎时前所有的恐怖情绪一时尽变为慈祥的心意。她等不得回答妥娘，便跑到墙根。团哥还在那里，“你这该死的东西……不知厉害的坏种！……”一句一鞭，打骂得很高

批注空间

兴。尚洁一到，就止住他，还命他和妥娘把受伤的贼扛到屋里来。她吩咐让他躺在贵妃榻上。仆人们都显出不愿意的样子，因为他们想着一个贼人不应该受这么好的待遇。

尚洁看出他们的意思，便说："一个人走到做贼的地步是最可怜悯的。若是你们不得着好机会，也许……"她说到这里，觉得有点失言，教她的佣人听了不舒服，就改过一句说话："若是你们明白他的境遇，也许会体贴他。我见了一个受伤的人，无论如何，总得救护的。你们常常听见'救苦救难'的话，遇着忧患的时候，有时也会脱口地说出来，为何不从'他是苦难人'那方面体贴他呢？你们不要怕他的血沾脏了那垫子，尽管扶他躺下罢。"团哥只得扶他躺下，口里沉吟地说："我们还得为他请医生去吗？"

"且慢，你把灯移近一点，待我来看一看。救伤的事，我还在行。妥娘，你上楼去把我们那个常备药箱，捧下来。"又对团哥说："你去倒一盆清水来罢。"

仆人都遵命各自干事去了。那贼虽闭着眼，方才尚洁所说的话，却能听得分明。他心里的感激可使他自忘是个罪人，反觉他是世界里一个最能得人爱惜的青年。这样的待遇，也许就是他生平第一次得着的。他呻吟了一下，用低沉的声音说："慈悲的太太，菩萨保佑慈悲的太太！"

那人的太阳边受了一伤很重，腿部倒不十分厉害。她用药棉蘸水轻轻地把伤处周围的血迹涤净，再用绷带裹好。等到事情做得清楚，天早已亮了。

她正转身要上楼去换衣服，蓦听得外面敲门的声很急，就止步问说："谁这么早就来敲门呢？"

"是警察罢。"

妥娘提起这四个字，叫她很着急。她说："谁去告诉警察呢？"那贼躺在贵妃榻上，一听见警察要来，恨不能立刻起来跪在地上求恩。但这样的行动已从他那双劳倦的眼睛表白出来了。尚洁跑到他跟前，安慰他说："我没有叫人去报警察……"正说到这里，那从门外来的脚步已经踏进来。

来的并不是警察，却是这家的主人长孙可望。他见尚洁穿着一件睡衣站在那里和一个躺着的男子说话，心里的无明业火已从身上八万四千个毛孔里发射出来。他第一句就问：“那人是谁？”

这个问实在叫尚洁不容易回答，因为她从不曾问过那受伤者的名字，也不便说他是贼。

“他……他是受伤的人……”

可望不等说完，便拉住她的手，说：“你办的事，我早已知道。我这几天不回来，正要侦察你的动静，今天可给我撞见了。我何尝辜负你呢？……一同上去罢，我们可以慢慢地谈。”不由分说，拉着她就往上跑。

妥娘在旁边，看得情急，就大声嚷着：“他是贼！”

“我是贼，我是贼！”那可怜的人也嚷了两声。可望只对着他冷笑，说：“我明知道你是贼。不必报名，你且歇一歇罢。”

一到卧房里，可望就说：“我且问你，我有什么对你不起的地方？你要入学堂，我便立刻送你去；要到礼拜堂听道，我便特地为你预备车马。现在你有学问了，也入教了，我且问你，学堂教你这样做，教堂教你这样做么？”

他的话意是要诘问她为什么变心，因为他许久就听见人说尚洁嫌他鄙陋不文，要离弃他去嫁给一个姓谭的。夜间的事，他一概不知，他进门一看尚洁的神色，老以为她所做的是一段爱情把戏。在尚洁方面，以为他是不喜欢她这样待遇窃贼。她的慈悲性情是上天所赋的，她也觉得这样办，于自己的信仰和所受的教育没有冲突，就回答说：“是的，学堂教我这样做，教会也教我这样做。你敢是……”

“是吗？”可望喝了一声，猛将怀中小刀取出来向尚洁的肩膀上一击。这不幸的妇人立时倒在地上，那玉白的面庞已像渍在胭脂膏里一样。

她不说什么，但用一种沉静的和无抵抗的态度，就足以感动那愚顽的凶手。可望见此情景，心中恐怖的情绪已把凶猛的怒气克服了。他不再有什么动作，只站在一边出神。他看尚洁动也不动一下，估量她是死了。那时，他觉得自己的罪恶压住他，不许再逗留在那里，便溜烟似的往外跑。

批注空间

妥娘见他跑了，知道楼上必有事故，就赶紧上来，她看尚洁那样子，不由得“啊，天公！”喊了一声，一面上去，要把她搀扶起来。尚洁这时，眼睛略略睁开，像要对她说什么，只是说不出。她指着肩膀示意，妥娘才看见一把小刀插在她肩上。妥娘的手便即酥软，周身发抖，待要扶她，也没有气力了。她含泪对着主妇说：“容我去请医生罢。”

“史……史……”妥娘知道她是要请史夫人来，便回答说：“好，我也去请史夫人来。”她教团哥看门，自己雇一辆车找救星去了。

医生把尚洁扶到床上，慢慢施行手术，赶到史夫人来时，所有的事情都弄清楚啦。医生对史夫人说：“长孙夫人的伤不甚要紧，保养一两个星期便可复元。幸而那刀从肩胛骨外面脱出来，没有伤到肺叶——那两个创口是不要紧的。”

医生辞去以后，史夫人便坐在床沿用法子安慰她。这时，尚洁的精神稍微恢复，就对她的知交说：“我不能多说话，只求你把底下那个受伤的人先送到公医院去，其余的，待我好了再给你说。……唉，我的嫂子，我现在不能离开你，你这几天得和我同在一块儿住。”

史夫人一进门就不明白底下为什么躺着一个受伤的男子。妥娘去时，也没有对她详细地说。她看见尚洁这个样子，又不便往下问。但尚洁的颖悟性从不会被刀所伤，她早明白史夫人猜不透这个闷葫芦，就说：“我现在没有气力给你细说，你可以向妥娘打听去。就要速速去办，若是他回来，便要害了他的性命。”

史夫人照她所吩咐的去做，回来，就陪着她在房里，没有回家。那四岁的女孩佩荷更不知道这是怎么一回事，还是啼啼笑笑，过她的平安日子。

一个星期，两个星期，在她病中默默地过去。她也渐次复元了。她想许久没有到园里去，就央求史夫人扶着她慢慢走出来。她们穿过那晚上谈话的柳荫，来到园边一个小亭下，就歇在那里。她们坐的地方满开了玫瑰，那清静温香的景色委实可以消灭一切忧闷和病害。

“我已忘了我们这里有这么些好花，待一会，可以折几枝带回屋里。”

“你且歇歇，我为你选择几枝罢。”史夫人说时，便起来折花。尚洁见她脚下有一朵很大的花，就指着说：“你看，你脚下有一朵很大、很好看的，为什么不把它摘下？”

史夫人低头一看，用手把花提起来，便叹了一口气。

“怎么啦？”

史夫人说：“这花不好。”因为那花只剩地上那一半，还有一边是被虫伤了。她怕说出伤字，要伤尚洁的心，所以这样回答。但尚洁看的明明是一朵好花，直叫递过来给她看。

“夺魁嫂，你说它不好么？我在此中找出道理咧！这花虽然被虫伤了一半，还开得这么好看，可见人的命运也是如此——若不把他的生命完全夺去，虽然不完全，也可以得着生活上一部分的美满，你以为如何呢？”

史夫人知道她联想到自己的事情上头，只回答说：“那是当然的，命运的偃蹇和亨通，于我们的生活没有多大关系。”

谈话之间，妥娘领着史夺魁先生进来。他向尚洁和他的妻子问过好，便坐在她们对面一张凳上。史夫人不管她丈夫要说什么，头一句就问：“事情怎样解决呢？”

史先生说：“我正是为这事情来给长孙夫人一个信。昨天在会堂里有一个很激烈的纷争，因为有些人说可望的举动是长孙夫人迫他做成的，应当剥夺她赴圣筵的权利。我和我奉真牧师在席间极力申辩，终归无效。”他望着尚洁说：“圣筵赴与不赴也不要紧。因为我们的信仰决不能为仪式所束缚，我们的行为，只求对得起良心就算了。”

“因为我没有把那可怜的人交给警察，便责罚我么？”

史先生摇头说：“不，不，现在的问题不在那事上头。前天可望寄一封长信到会里，说到你怎样对他不住，怎样想弃绝他去嫁给别人。他对于你和某人、某人往来的地点、时间都说出来。且说，他不愿意再见你的面，若不与你离婚，他永不回家。信他所说的人很多，我们怎样申辩也挽不过来。我们虽然知道事实不是如此，可是不能找出什么凭据来证明，我现在正要告诉你，若是要到法庭去的话，我可以帮你的忙。这里不像我们祖国，

批注空间

公庭上没有女人说话的地位。况且他的买卖起先都是你拿资本出来，要离异时，照法律，最少总得把财产分一半给你。……像这样的男子，不要他也罢了。”

尚洁说：“那事实现在不必分辩，我早已对嫂子说明了。会里因为信条的缘故，说我的行为不合道理，便禁止我赴圣筵——这是他们所信的，我有什么可说的呢！”她说到末一句，声音便低下了。她的颜色很像为同会的人误解她和误解道理惋惜。

“唉，同一样道理，为何信仰的人会不一样？”

她听了史先生这话，便兴奋起来，说：“这何必问？你不常听见人说：‘水是一样，牛喝了便成乳汁，蛇喝了便成毒液’吗？我管保我所得能化为乳汁，哪能干涉人家所得的变成毒液呢？若是到法庭去的话，倒也不必。我本没有正式和他行过婚礼，自毋须乎在法庭上公布离婚。若说他不愿意再见我的面，我尽可以搬出去。财产是生活的赘瘤，不要也罢，和他争什么？……他赐给我的恩惠已是不少，留着给他……”

“可是你一把财产全部让给他，你立刻就不能生活。还有佩荷呢？”

尚洁沉吟半晌便说：“不妨，我私下也曾积聚些少，只不能支持到一年罢了。但不论如何，我总得自己挣扎。至于佩荷……”她又沉思了一会，才续下去说：“好罢，看他的意思怎样，若是他愿意把那孩子留住，我也不和他争。我自己一个人离开这里就是。”

他们夫妇二人深知道尚洁的性情，知道她很有主意，用不着别人指导。并且她在无论什么事情上头都用一种宗教的精神去安排。她的态度常显出十分冷静和沉毅，做出来的事，有时超乎常人意料之外。

史先生深信她能够解决自己将来的生活，一听了她的话，便不再说什么，只略略把眉头皱了一下而已。史夫人在这两三个星期间，也很为她费了些筹划。他们有一所别业在土华地方，早就想教尚洁到那里去养病，到现在她才开口说：“尚洁妹子，我知道你一定有更好的主意，不过你的身体还不甚复元，不能立刻出去做什么事情，何不到我们的别庄里静养一下，过几个月再行打算？”史先生接着对他妻子说：“这也好。只怕路途远一点，由海船去，最快也得两天才可以到。但我们都是惯于出门的人，海涛的颠簸当然不能制服我们，若是要去的话，你可以陪着去，省得寂寞了长孙夫人。”

尚洁也想找一个静养的地方，不意他们夫妇那么仗义，所以不待踌躇便应许了。她不愿意为自己的缘故教别人麻烦，因此不让史夫人跟着前去。她说：“寂寞的生活是我尝惯的。史嫂子在家里也有许多当办的事情，哪里能够和我同行？还是我自己去好一点。我很感谢你们二位的高谊，要怎样表示我的谢忱，我却不懂得；就是懂，也不能表示得万分之一。我只说一声‘感激莫名’便了。史先生，烦你再去问他要怎样处置佩荷，等这事弄清楚，我便要动身。”她说着，就从方才摘下的玫瑰中间选出一朵好看的递给史先生，教他插在胸前的钮门上。不久，史先生也就起立告辞，替她办交涉去了。

土华在马来半岛的西岸，地方虽然不大，风景倒还幽致。那海里出的珠宝不少，所以住在那里的多半是搜宝之客。尚洁住的地方就在海边一丛棕林里。在她的门外，不时看见采珠的船往来于金的塔尖和银的浪头之间。这采珠的工夫赐给她许多教训。因为她这几个月来常想着人生就同入海采珠一样，整天冒险入海里去，要得着多少，得着什么，采珠者一点把握也没有。但是这个感想决不会妨害她的生命。她见那些人每天迷蒙蒙地搜求，不久就理会她在世间的历程也和采珠的工作一样。要得着多少，得着什么，虽然不在她的权能之下，可是她每天总得入海一遭，因为她的本分就是如此。

她对于前途不但没有一点灰心，且要更加奋勉。可望虽是剥夺她们母女的关系，不许佩荷跟着她，然而她仍不忍弃掉她的责任，每月要托人暗地里把吃的用的送到故家去给她女儿。

她现在已变主妇的地位为一个珠商的记室了。住在那里的人，都说她是人家的弃妇，就看轻她，所以她所交游的都是珠船里的工人。那班没有思想的男子在休息的时候，便因着她的姿色争来找她开心。但她的威仪常是调伏这班人的邪念，教他

批注空间

批注空间

们转过心来承认她是他们的师保。

她一连三年，除干她的正事以外，就是教她那班朋友说几句英吉利语，念些少经文，知道些少常识。在她的团体里，使令、供养，无不如意。若说过快活日子，能像她这样也就不劣了。

虽然如此，她还是有缺陷的。社会地位，没有她的分；家庭生活，也没有她的分；我们想想，她心里到底有什么感觉？前一项，于她是不甚重要的；后一项，可就缭乱她的衷肠了！史夫人虽常寄信给她，然而她不见信则已，一见了信，那种说不出来的伤感就加增千百倍。

她一想起她的家庭，每要在树林里徘徊，树上的蛁蟧常要幻成她女儿的声音对她说："母思儿耶？母思儿耶？"这本不是奇迹，因为发声者无情，听音者有意；她不但对于那些小虫的声音是这样，即如一切的声音和颜色，偶一触着她的感官，便幻成她的家庭了。

她坐在林下，遥望着无涯的波浪，一度一度地掀到岸边，常觉得她的女儿踏着浪花踊跃而来，这也不止一次了。那天，她又坐在那里，手拿着一张佩荷的小照，那是史夫人最近给她寄来的。她翻来翻去地看，看得眼昏了。她猛一抬头，又得着常时所现的异象。她看见一个人携着她的女儿从海边上来，穿过林樾，一直走到跟前。那人说："长孙夫人，许久不见，贵体康健啊！我领你的女儿来找你哪。"

尚洁此时，展一展眼睛，才理会果然是史先生携着佩荷找她来。她不等回答史先生的话，便上前用力搂住佩荷，她的哭声从她爱心的深密处殷雷似地震发出来。佩荷因为不认得她，害怕起来，也放声哭了一场。史先生不知道感触了什么，也在旁边只尽管擦眼泪。

这三种不同情绪的哭泣止了以后，尚洁就呜咽地问史先生说："我实在喜欢。想不到你会来探望我，更想不到佩荷也能来！……"她要问的话很多，一时摸不着头绪。只搂定佩荷，眼看着史先生出神。

史先生很庄重地说："夫人，我给你报好消息来了。"

"好消息！"

“你且镇定一下，等我细细地告诉你。我们一得着这消息，我的妻子就教我和佩荷一同来找你。这奇事，我们以前都不知道，到前十几天才听见我奉真牧师说的。我牧师自那年为你的事卸职后，他的生活，你已经知道了。”

“是，我知道。他不是白天做裁缝匠，晚间还做制饼师吗？我信得过，神必要帮助他，因为神的儿子说：‘为义受逼迫的人是有福的。’他的事业还顺利吗？”

“倒没有什么过不去的地方。他不但日夜劳动，在合宜的时候，还到处去传福音哪。他现在不用这样地吃苦，因为他的老教会看他的行为，请他回国仍旧当牧师去，在前一个星期已经动身了。”

“是吗！谢谢神！他必不能长久地受苦。”

“就是因为我牧师回国的事，我才能到这里来。你知道长孙先生也受了他的感化么？这事详细地说起来，倒是一种神迹。我现在来，也是为告诉你这件事。”

“前几天，长孙先生忽然到我家里找我。他一向就和我们很生疏，好几年也不过访一次，所以这次的来，教我们很诧异。他第一句就问你的近况如何，且诉说他的懊悔。他说这反悔是忽然的，是我牧师警醒他的。现在我就将他的话，照样地说一遍给你听——

“‘在这两三年间，我牧师常来找我谈话，有时也请我到他的面包房里去听他讲道。我和他来往那么些次，就觉得他是我的好师傅。我每有难决的事情或疑虑的问题，都去请教他。我自前年生事，二人分离以后，每疑惑尚洁官的操守，又常听见家里佣人思念她的话，心里就十分懊悔。但我总想着，男人说话将军箭，事已做出，哪里还有脸皮收回来？本是打算给它一个错到底的。然而日子越久，我就越觉得不对。到我牧师要走，最末次命我去领教训的时候，讲了一个章经，教我很受感动。散会后，他对我说，他盼望我做的是请尚洁官回来。他又念《马可福音》十章给我听，我自得着那教训以后，越觉得我很卑鄙、凶残、淫秽，很对不住她。现在要求你先把佩荷带去见她，盼望她为女儿的缘故赦免我。你们可以先走，我随后也要亲自前

批注空间

往。'

"他说懊悔的话很多，我也不能细说了。等他来时，容他自己对你细说罢。我很奇怪我牧师对于这事，以前一点也没有对我说过，到要走时，才略提一提；反教他来到我那里去，这不是神迹吗？"

尚洁听了这一席话，却没有显出特别愉悦的神色，只说："我的行为本不求人知道，也不是为要得人家的怜恤和赞美；人家怎样待我，我就怎样受，从来是不计较的。别人伤害我，我还饶恕，何况是他呢？他知道自己的鲁莽，是一件极可喜的事。——你愿意到我屋里去看一看吗？我们一同走走罢。"

他们一面走，一面谈。史先生问起她在这里的事业如何，她不愿意把所经历的种种苦处尽说出来，只说："我来这里，几年的工夫也不算浪费，因为我已找着了许多失掉的珠子了！那些灵性的珠子，自然不如入海去探求那么容易，然而我竟能得着二三十颗。此外，没有什么可以告诉你。"

尚洁把她事情结束停当，等可望不来，打算要和史先生一同回去。正要到珠船里和她的朋友们告辞，在路上就遇见可望跟着一个本地人从对面来。她认得是可望，就堆着笑容，抢前几步去迎他，说："可望君，平安哪！"可望一见她，也就深深地行了一个敬礼，说："可敬的妇人，我所做的一切事都是伤害我的身体，和你我二人的感情，此后我再不敢了。我知道我多多地得罪你，实在不配再见你的面，盼望你不要把我的过失记在心中。今天来到这里，为的是要表明我悔改的行为，还要请你回去管理一切所有的。你现在要到哪里去呢？我想你可以和史先生先行动身，我随后回来。"

尚洁见他那番诚恳的态度，比起从前，简直是两个人，心里自然满是愉快，且暗自谢她的神在他身上所显的奇迹。她说："呀！往事如梦中之烟，早已在虚幻里消散了，何必重新提起呢？凡人都不可积聚日间的怨恨、怒气和一切伤心的事到夜里，何况是隔了好几年的事？请你把那些事情搁在脑后罢。我本想到船里去，向我那班同工的人辞行。你怎样不和我们一起回去，还有别的事情要办么？史先生现时在他的别业——就是我住的地方——我们一同到那里去罢，待一会，再出来辞行。”

“不必，不必。你可以去你的，我自己去找他就可以。因为我还有些正当的事情要办。恐怕不能和你们一同回去，什么事，以后我才叫你知道。”

“那么，你教这土人领你去罢，从这里走不远就是。我先到船里，回头再和你细谈。再见哪！”

她从土华回来，先住在史先生家里，意思是要等可望来到，一同搬回她的旧房子去。谁知等了好几天，也不见他的影。她才知道可望在土华所说的话意有所含蓄。可是他到哪里去呢？去干什么呢？她正想着，史先生拿了一封信进来对她说：“夫人，你不必等可望了，明后天就搬回去罢。他寄给我这一封信说，他有许多对不起你的地方，都是出于激烈的爱情所致，因他爱你的缘故，所以伤了你。现在他要把从前邪恶的行为和暴躁的脾气改过来，且要偿还你这几年来所受的苦楚，故不得不暂时离开你。他已经到槟榔屿了。他不直接写信给你的缘故，是怕你伤心，故此写给我，教我好安慰你；他还说从前一切的产业都是你的，他不应独自霸占了许多，要求你尽量地享用，直等到他回来。

“这样看来，不如你先搬回去，我这里派人去找他回来如何？唉，想不到他一会儿就能悔改到这步田地！”

她遇事本来很沉静，史先生说时，她的颜色从不曾显出什么变态，只说：“为爱情么？为爱而离开我么？这是当然的，爱情本如极利的斧子，用来剥削命运常比用来整理命运的时候多一些。他既然规定他自己的行程，又何必费工夫去寻找他呢？我是没有成见的，事情怎样来，我怎样对付就是。”

尚洁搬回来那天，可巧下了一点雨，好像上天使园里的花木特地沐浴得很妍净来迎接它们的旧主人一样。她进门时，妥娘正在整理厅堂，一见她来，便嚷着：“奶奶，你回来了！我们很想念你哪！你的房间乱得很，等我把各样东西安排好再上去。先到花园去看看罢，你手植各样的花木都长大了。后面那棵释迦头长得像罗伞一样，结果也不少，去看看罢。史夫人早和佩荷姑娘来了，他们现时也在园里。”

批注空间

她和妥娘说了几句话，便到园里。一拐弯，就看见史夫人和佩荷坐在树荫底下一张凳上——那就是几年前，她要被刺那夜，和史夫人坐着谈话的地方。她走来，又和史夫人并肩坐在那里。史夫人说来说去，无非是安慰她的话。她像不信自己这样的命运不甚好，也不信史夫人用定命论的解释来安慰她，就可以使她满足。然而她一时不能说出合宜的话，教史夫人明白她心中毫无忧郁在内。她无意中一抬头，看见佩荷拿着树枝把结在玫瑰花上一个蜘蛛网撩破了一大部分。她注神许久，就想出一个意思来。

她说："呀，我给这个比喻，你就明白我的意思。"

"我像蜘蛛，命运就是我的网。蜘蛛把一切有毒无毒的昆虫吃入肚里，回头把网组织起来。它第一次放出来的游丝，不晓得要被风吹到多么远，可是等到粘着别的东西的时候，它的网便成了。

"它不晓得那网什么时候会破，和怎样破法。一旦破了，它还暂时安安然然地藏起来，等有机会再结一个好的。

"它的破网留在树梢上，还不失为一个网。太阳从上头照下来，把各条细丝映成七色；有时粘上些少水珠，更显得灿烂可爱。

"人和他的命运，又何尝不是这样？所有的网都是自己组织得来，或完或缺，只能听其自然罢了。"

史夫人还要说时，妥娘来说屋子已收拾好了，请她们进去看看。于是，她们一面谈，一面离开那里。

园里没人，寂静了许久。方才那只蜘蛛悄悄地从叶底出来，向着网的破裂处，一步一步，慢慢补缀。它补这个干什么？因为它是蜘蛛，不得不如此！

无法投递之邮件

给诵幼

不能投递之原因——地址不明，退发信人写明再递。

诵幼，我许久没见你了。我近来患失眠症。梦魂呢，又常困在躯壳里飞不到你身边，心急得很。但世间事本无客人着急的余地，越着急越不能到，我只得听其自然罢了。你总不来我这里，也许你怪我那天藏起来，没有出来帮你忙的缘故。呀，诵幼，若你因那事怪了我，可就冤枉极了！我在那时，全身已抛在烦恼的海中，自救尚且不暇，何能顾你？今天接定慧的信，说你已经被释放了，我实在欢喜得很！呀，诵幼，此后须要小心和男子相往来。你们女子常说"男子坏的很多"，这话诚然不错。但我以为男子的坏，并非他生来就是如此的，是跟女子学来的。诵幼，我说这话，请你不要怪我。你的事且不提，我拿文锦的事来说罢。他对于尚素本来是很诚实的，但尚素要将她和文锦的交情变为更亲密的交情，故不得不胡乱献些殷勤。呀，女人的殷勤，就是使男子变坏的砒石哟！我并不是说女子对于男子要很森严、冷酷，像怀霄待人一样，不过说没有智慧的殷勤是危险的罢了。

我盼望你今后的景况像湖心的白鸽一样。

给贞蕤

不能投递之原因——此人已离广州。

批注空间

自走马营一别，至今未得你的消息。知道你的生活和行脚僧一样，所以没有破旅愁的书信给你念。昨天从（禾元）香处听见你的近况，且知道你现在住在这里，不由得我不写这几句话给你。

我的朋友，你想北极的冰洋上能够长出花菖蒲，或开得像尼罗河边的王莲来么？我劝你就回家去罢。放着你清凉而恬淡的生活不享，飘零着找那不知心的“知心人”，为何自找这等刑罚？纵说是你当时得罪了他，要找着他向他谢罪，可是罪过你已认了，那温润不挠、如玉一般的情好岂能弥补得毫无瑕疵？

我的朋友，我常想着我曾用过一管笔，有一天无意中把笔尖误烧了（因为我要学篆书，听人说烧尖了好写），就不能再用它。但我很爱那笔，用尽许多法子，也补救不来；就是拿去找笔匠，也不能出什么主意，只是叫我再换过一管罢了。我对于那天天接触的小宝贝，虽舍不得扔掉，也不能不把它藏在笔囊里。人情虽不能像这样换法，然而，我们若在不能换之中，姑且当作能换，也就安慰多了。你有心牺牲你的命运，他却无意成就你的愿望，你又何必？我劝你早一点回去罢，看你年少的容貌或逃镜影中，在你背后的黑影快要闯入你的身里，把你青春一切活泼的风度赶走，把你光艳的躯壳夺去了。

我再三叮咛你，不知心的“知心人”，纵然找着了，只是加增懊恼，毫无用处的。

给小峦

不能投递之原因——此人已入疯人院。

绿绮湖边的夜谈，是我们所不能忘掉的。但是，小峦，我要告诉你，迷生决不能和我一样，常常惦念着你，因为他的心多用在那恋爱的遗骸上头。你不是教我探究他的意思吗？我昨天一早到他那里去，在一件事情上，使我理会他还是一个爱的坟墓的守护者。若是你愿意听这段故事，我就可以告诉你。

我一进门时，他垂着头好像很悲伤的样子，便问：“迷生，你又想什么来？”他叹了一声才说：“她织给我的领带坏了！我身边再也没有她的遗物了！人丢了，她的东西也要陆续地跟着她走，真是难解！”我说：“是的，太阳也有破坏的日子，何况一件小小东西，你不许它坏，成么？”

“为什么不成。若是我不用它，就可以保全它，然而我怎能不用？我一用她给我留下的器用，就藉那些东西要和她交通，且要得着无量安慰。”他低垂的视线牵着手里的旧领带接着说：“唉，现在她的手泽都完了！”

小峦，你想他这样还能把你惦记在心里么？你太轻于自信了。我不是使你失望，我很了解他，也了解你，你们固然是亲戚，但我要提醒除你疏淡的友谊外，不要多走一步。因为，凡最终的地方，都是在对岸那很高、很远、很暗，且不能用平常的舟车达到的。你和迷生的事，据我现在的观察，纵使蜘蛛的丝能够织成帆，蜣螂的甲能够装成船，也不能渡你过第一步要过的心意的海洋。你不要再发痴了，还是回向莲台，拜你那低头不语的偶像好。你常说我给麻醉剂你服，不错的！若是我给一毫一厘的兴奋剂你服，恐怕你要起不来了。

答劳云

不能投递之原因——劳云已投金光明寺，在岭上，不能递。

中夜起来，月还在座，渴鼠蹑上桌子偷我笔洗里的墨水喝，我一下床它就吓跑了。它惊醒我，我吓跑它，也是公道的事情。到窗边坐下，且不点灯，回想去年此夜，我们正在了因的园里共谈，你说我们在万本芭蕉底下直像草根底下斗鸣的小虫。唉，今夜那园里的小虫必还在草根底下叫着，然而我们呢？本要独自出去一走，怎奈院里鬼影历乱，又没有侣伴，只得作罢了。睡不着，偏想茶喝，到后房去，见我的小丫头被慵睡锁得很牢固，不好解放她，喝茶的念头，也得作罢了。回到窗边坐下，摩摩窗棂，无意摩着你前月的信，就仗着月灯再念了一遍，可幸你的字比我写得还要粗大，念时，尚不费劲。在这时候，只好给你写这封回信。

劳云，我对了因所说，那得天下荒山，重叠围合，做个太监牢——野兽当逻卒，古树作栅栏，烟云似桎梏，茑萝为索链，——闲散地囚尽你这流动人愁怀的诗犯？不想你真要自首去了！去也好，但我只怕你一去到那里便成诗境，不是诗牢了。

你问我为什么叫你作诗犯，我自己也不知其所以然。我觉得你的诗虽然很好，可是你心里所有的和手里写出来的总不能适合，不如把笔摔掉，到那只许你心儿领会的诗牢去更妙。遍世间尽是诗境，所以诗人易做。诗人无论遇着什么，总不肯竫嘿着，非发出些愁苦的诗不可。真是难解。譬如今夜夜色，若你在时，必要把院里所有的调戏一番，非叫它们都哭了，你不甘心。这便是你的过犯了。所以我要叫你作诗犯，很盼望你做个诗犯。

一手按着手电灯，一手写字，很容易乏，不写了。今夜起来，本不是为给你写回信，然而在不知不觉中，就误了我半小时，不能和我那个“月”默谈。这又是你的罪过！

院里的虫声直如鬼哭，听得我毛发尽竦。还是埋头枕底，让那只小鼠畅饮一场罢。

给琰光

不能投递之原因——琰光南归就婚，嘱所有男友来书均退回。

你在我心中始终是一个生面人，彼此间再也不能有什么微妙深沉的认识了，这也是难怪的。白孔雀和白熊虽是一样清白，而性情的冷暖各不相同，故所住的地方也不相同。我看出来了！你是白熊，只宜徘徊于古冰峥嵘的岩壑间，当然不能与我这白孔雀一同飞翔于缨藤缕缕、繁花树树的森林里。可惜我从前对你所有意绪，到今日落得寸断毫分，流离到踪迹都无。我终恨我不是创作者呀！怎么连这刹那等速的情爱时间也做不来？

我热极了，躺在病床上，只是同冰做伴。你的情愫也和冰一样，我愈热，你愈融，结果只使我戴着一头冷水。就是在手中的，也消融尽了。人间第一痛苦就是无情的人偏会装出多情的模样，有情的倒是缄口束手，无所表示！启芳说我是泛爱者，劳生说我是兼爱者，但我自己却以为我是困爱者。我实对你说，我自己实不敢作，也不能作爱恋业，为困于爱，故镇日颠倒于这甜苦的重围中，不能自行救度。爱的沉沦是一切救主所不能救的。爱的迷蒙是一切天人师所不能训诲开示的。爱的刚愎是一切调御丈夫所不能降伏的。

病中总希望你来看看我，不想你影儿不露，连信也不来！似游丝的情绪只得因着记忆的风挂搭在西园西篱，晚霞现处。那里站着我儿时曾爱，现在犹爱的邕。她是我这一生第一个女伴，二十四年的别离，我已成年，而心象中的邕还是两股小辫垂在绿衫儿上。毕竟是别离好呵！别离的人总不会老的，你不来也就罢了，因为我更喜欢在旧梦中寻找你。

你去年对我说那句话，这四百日中，我未尝忘掉要给你一个解答。你说爱是你的，你要予便予，要夺便夺。又说要得你的爱须付代价。咦，你老脱不掉女人的骄傲！无论是谁，都不能有自己的爱，你未生以前，爱恋早已存在，不过你偷了些少来眩惑人罢了。你到底是个爱的小窃，同时是个爱的典质者。你何尝花了一丝一忽的财宝，或费了一言一动的劳力去索取爱恋，你就想便宜得来，高贵地售出？人间第二痛苦就是出无等的代价去买不用劳力得来的爱恋。我实在告诉你，要代价的爱情，我买不起。

焦把纸笔拿到床边，迫着我写信给你，不得已才写了这一套话。我心里告诉我说，从诚实心表见出来的言语，永不致于得罪人，所以我想上头所说的不会动你的怒。

给憬然三姑

不能投递之原因——本宅并无“三姑”称谓。

我来找你，并不是不知道你已嫁了，怎么你总不敢出来和我叙叙旧话？我一定要认识你的“天”以后才可以见你么？

批注空间

三千里的海山，十二年的隔绝，此间：每年、每月、每个时辰、每一念中都盼着要再会你。一踏入你的大门，我心便摆得如秋千一般，几乎把心房上的大脉震断了。谁知坐了半天，你总不出来！好容易见你出来，客气话说了，又坐我背后。那时许多人要与我谈话，我怎好意思回过脸去向着你？

合卺酒是女人的懵兜汤，一喝便把儿女旧事都忘了，所以你一见了我，只似曾相识，似不相识，似怕人知道我们曾相识，两意三心，把旧时的好话都撇在一边。

那一年的深秋，我们同在昌华小榭赏残荷。我的手误触在竹栏边的仙人掌上，竟至流血不止。你从你的镜囊取出些粉纸，又拔两根你香柔而黑甜的头发，为我裹缠伤处。你记得那时所说的话么？你说："这头发虽然不如弦的韧，用来缠伤，足能使得，就是用来系爱人的爱也未必不能胜任。"你含羞说出的话真的把我心系住，可是你的记忆早与我的伤痕一同丧失了。

又是一年的秋天，我们同在屋顶放一只心形纸鸢。你扶着我的肩膀看我把线放尽了。纸鸢腾得很高，因为风力过大，扯得线儿欲断不断。你记得你那时所说的话么？你说："这也不是'红线'，容它断了罢。"我说："你想我舍得把我偷闲做成的'心'放弃掉么？纵然没有红线，也不能容它流落。"你说："放掉假心，还有真心呢。"你从我手里把白线夺过去，一撒手，纸鸢便翻了无数的筋斗，带着堕线飞去，挂在皇觉寺塔顶。那破心的纤维也许还存在塔上，可是你的记忆早与当时的风一样地不能追寻了。

有一次，我们在流花桥上听鹧鸪，你的白袜子给道傍的曼陀罗花汁染污了。我要你脱下来，让我替你洗净。你记得当时你说什么来？你说："你不怕人笑话么，——岂有男子给女人洗袜子的道理？你忘了我方才用栀子花蒂在你掌上写了我的名字么？一到水里，可不把我的名字从你手心洗掉，你怎舍得？"唉，现在你的记忆也和写在我掌上的名字一同消灭了！

真是合卺酒是女人懵兜汤，一喝便把儿女旧事都忘了。但一切往事在我心中都如残机的线，线线都相连着，一时还不能断尽。我知道你现在很快活，因为有了许多子女在你膝下。我一想起你，也是和你对着儿女时一样地喜欢。

批注空间

给爽君夫妇

不能投递之原因——爽君逃了，不知去向。

你的问题，实在是时代问题，我不是先知，也不能决定说出其中的奥秘。但我可以把几位朋友所说的话介绍给你知道，你定然要很乐意地念一念。

我有一位朋友说："要双方发生误解，才有爱情。"他的意思以为相互的误解是爱情的基础。若有一方面了解，一方面误解，爱也无从悬挂的。若两方面都互相了解，只能发生更好的友谊罢了。爱情的发生，因为我不知道你是怎么一回事，你不知道我是怎么一回事。若彼此都知道很透彻，那时便是爱情的老死期到了。

又有一位朋友说："爱情是彼此的帮助：凡事不顾自己，只顾人。"这句话，据我看来，未免广泛一点。我想你也知道其中不尽然的地方。

又有一位朋友："能够把自己的人格忘了，去求两方更高的共同人格便是爱情。"他以为爱情是无我相的，有"我"的执着不能爱，所以要把人格丢掉；然而人格在人间生活的期间内是不能抛弃的，为这缘故，就不能不再找一个比自己人格更高尚的东西。他说这要找的便是共同人格。两方因为再找一个共同人格，在某一点上相遇了，便连合起来成为爱情。

此外有许多陈腐而很新鲜的论调我也不多说了。总之，爱情是非常神秘，而且是一个人一样的。近时的作家每要夸炫说："我是不写爱情小说，不作爱情诗的。"介绍一个作家，也要说："他是不写爱情的文艺的。"我想这就是我们不能了解爱情本体的原因。爱情就是生活，若是一个作家不会描写，或不敢描写，他便不配写其余的文艺。

我自信我是有情人，虽不能知道爱情的神秘，却愿多多地描写爱情生活。我立愿尽此生，能写一篇爱情生活，便写一篇；

批注空间

能写十篇，便写十篇；能写百、千、亿、万篇，便写百、千、亿、万篇。立这志愿，为的是安慰一般互相误解、不明白的人。你能不骂我是爱情牢狱的广告人么？

这信写来答覆爽君。亦雄也可同念。

覆诵幼

不能投递之原因——该处并无此人。

“是神造宇宙、造人间、造人、造爱；还是爱造人、造人间、造宇宙、造神？”这实与“是男生女，是女生男”的旧谜一般难决。我总想着人能造的少，而能破的多。同时，这一方面是造，那一方面便是破。世间本没有“无限”。你破璞来造你的玉簪，破贝来造你的珠珥，破木为梁，破石为墙，破蚕、棉、麻、麦、牛、羊、鱼、鳖的生命来造你的日用饮食，乃至破五金来造货币、枪弹，以残害同类、异种的生命。这都是破造双成的。要生活就得破。就是你现在的“室家之乐”也从破得来。你破人家亲子之爱来造成的配偶，又何尝不是破？破是不坏的，不过现代的人还找不出破坏量少而建造量多的一个好方法罢了。

你问我和她的情谊破了不，我要诚实地回答你说：诚然，我们的情谊已经碎为流尘，再也不能复原了；但在清夜中，旧谊的鬼灵曾一度蹑到我记忆的仓库里，悄悄把我伐情的斧——怨恨——拿走。我揭开被褥起来，待要追它，它已乘着我眼中的毛轮飞去了。这不易寻觅的鬼灵只留它的踪迹在我书架上。原来那是伊人的文件！我伸伸腰，揉着眼，取下来念了又念，伊人的冷面复次显现了。旧的情谊又从字里行间复活起来。相怨后的复和，总解不通从前是怎么一回事，也诉不出其中的甘苦。心面上的青紫唯有用泪洗濯而已。有涩泪可流的人还算不得是悲哀者。所以我还能把壁上的琵琶抱下来弹弹，一破清夜的岑寂。你想我对着这归来的旧好必要弹些高兴的调子。可是我那夜弹来弹去只是一阕《长相忆》，总弹不出《好事》！这奈何，奈何？我理会从记忆的坟里复现的旧谊，多年总有些分别。但玉在她的信里附着几句短词嘲我说：

噫，说到相怨总是表面事，
心里的好人儿仍是旧相识。
是爱是憎本容不得你做主，
你到底是个爱恋的奴隶！

她所嘲于我的未免太过。然而那夜的境遇实是我破从前一切情愫所建造的。此后，纵表面上极淡的交谊也没有，而我们心心的理会仍可以来去自如。

你说爱是神所造，劝我不要拒绝，我本没有拒绝，然而憎也是神所造，我又怎能不承纳呢？我心本如香水海，只任轻浮的慈惠船载着喜爱的花果在上面游荡。至于满载痴石嗔火的𥯨筏，终要因它的危险和沉重而消没净尽，焚毁净尽。爱憎既不由我自主，那破造更无消说了。因破而造，因造而破，缘因更迭，你哪能说这是好，那是坏？至于我的心迹连我自己也不知道，你又怎能名其奥妙？人到无求，心自清宁，那时既无所造作，亦无所破坏。我只觉我心还有多少欲念除不掉，自当勇敢地破灭它至于无余。

你，女人，不要和我讲哲学。我不懂哲学。我劝你也不要希望你脑中有百“论”、“千说”、“亿万主义”，那由他“派别”，辩来论去，逃不出鸡子方圆的争执。纵使你能证出鸡子是方的，又将如何？你还是给我讲讲音乐好。近来造了一阕《暖云烘寒月》琵琶谱，顺抄一份寄给你。这也是破了许多工夫造得来的。

覆真龄

不能投递之原因——真龄去国，未留住址。

自与那人相怨后，更觉此生不乐。不过旧时的爱好，如洁白的寒鹭，三两时间飞来歇在我心中泥泞的枯塘之岸，有时漫涉到将干未干的水中央，还能使那寂静的平面随着她的步履起

批注空间

批注空间

些微波。

唉，爱姊姊和病弟弟总是孪生的呵！我已经百夜没睡了。我常说，我的爱如香冽的酒，已经被人饮尽了，我哀伤的金里只剩些残冰的溶液，既不能醉人，又足以冻我齿牙。你试想，一个百夜不眠的人，若渴到极地，就禁得冷饮么？

“为爱峦而去的人终要循着心境的爱迹归来。”我老是这样地颠倒梦想。但两人之中，谁是为爱恋先走开的？我说那人，那人说我。谁也不肯循着谁的爱迹归来。这委是一件胡卢事！玉为这事也和你一样写信来呵责我，她真和她眼中的瞳子一样，不用镜子就映不着自己。所以我给她寄一面小镜去。她说：“女人总是要人爱的”，难道男子就不是要人爱的？她当初和球一自相怨后，也是一样蒙起各人的面具，相逢直如不识。他们两个复和，还是我的工夫，我且写给你看。

那天，我知道球要到帝室之林去赏秋叶，就怂恿她与我同去。我远地看见球从溪边走来，借故撇开她，留她在一颗枫树下坐着，自己藏在一边静观。人在落叶上走是秘不得的。球的足音，谅她听得着。球走近树边二丈相离的地方也就不往前进了。他也在一根横卧的树根上坐下，拾起枯枝只顾挥拨地上的败叶。她偷偷地看球，不做声，也不到那边去。球的双眼有时也从假意低着的头斜斜地望她。他一望，玉又假作看别的了。谁也不愿意表明谁看着谁来。你知道这是很平常的事。由爱至怨，由怨至于假不相识，由假不相识也许能回到原来的有情境地。我见如此，故意走回来，向她说：“球在那边哪！”她回答：“看见了。”你想这话若多两个字“钦此”，岂不成这娘娘的懿旨？我又大声嚷球。他的回答也是一样地庄严，几乎带上“钦此”二字。我跑去把球揪来。对他们说：“你们彼此相对道道歉，如何？”到底是男子容易劝。球到她跟前说：“我也不知道怎样得罪你。他迫着我向你道歉，我就向你道歉罢。”她望着球，心里愉悦之情早破了她的双颊冲出来。她说：“人为什么不能自主到这步田地？连道个歉也要朋友迫着来。”好了，他们重新说起话来了！

她是要男子爱的，所以我能给她办这事。我是要女人爱的，故毋须去瞅睬那人，我在情谊的道上非常诚实，也没有变动，是人先离开的。谁离开，谁得循着自己心境的爱迹归来。我哪能长出千万翅膀飞入苍茫里去找她？再者，他们是醉于爱的人，故能一说再合。我又无爱可醉，犯不着去讨当头一棒的冷话。您想是不是？

给 怀

不能投递之原因——此信遗在道旁，由陈斋夫拾回。

好几次写信给你都从火炉里捎去。我希望当你看见从我信笺上出来那几缕烟在空中飘扬的时候，我的意见也能同时印入你的网膜。

怀，我不愿意写信给你的缘故，因为你只当我是有情的人，不当我是有趣的人。我常对人说，你是可爱的，不过你游戏天地的心比什么都强，人还够不上爱你。朋友们都说我爱你，连你也是这样想，真是怪事！你想男女得先定其必能相爱，然后互相往来么？好人甚多，怎能个个爱恋他？不过这样的成见不止你有，我很可以原谅你。我的朋友，在爱的田园中，当然免不了三风四雨。从来没有不变化的天气能教一切花果开得斑斓，结得磊砢的。你连种子还没下，就想得着果实，便是办不到的。我告诉你，真能下雨的云是一声也不响的。不掉点儿的密云，雷电反发射得弥满天地。所以人家的话，不一定就是事实，请你放心。

男子愿意做女人的好伴侣、好朋友，可不愿意当她们的奴才，供她们使令。他愿意帮助她们，可不喜欢奉承谄媚她们，男子就是男子，媚是女人的事。你若把“女王”、“女神”的尊号暂时收在镜囊里，一定要得着许多能帮助你的朋友。我知道你的性地很冷酷，你不但不愿意得几位新的好友，或极疏淡的学问之交，连旧的你也要一个一个弃绝掉。嫁了的女朋友，和做了官的男相识，都是不念旧好的。与他们见面时，常竟如路人。你还未嫁，还未做官，不该施行那样的事情。我不是呵责你，也不是生气，——就使你侮辱我到极点，我也不生气。我不过

批注空间

尽我的情劝告你罢了。说到劝告，也是不得已的。这封信也是在万不得已的境遇底下写的，写完了，我还是盼望你收不到。

覆少觉

不能投递之原因——受信人地址为墨所污，无法投递。

同年的老弟：我知道怀书多病，故月来未尝发信问候，恐惹起她的悲怨。她自说："我有心事万缕，总不愿写出、说出。到无可奈何时节，只得由它化作血丝飘出来。"所以她也不写信告诉我她到底是害什么病。我想她现时正躺在病榻上呢。

唉，怀书的病是难以治好的。一个人最怕有"理想"。理想不但能使人病，且能使人放弃他的性命。她甚至抱着理想的理想，怎能不每日病透二十四小时？她常对我说："有而不完全，宁可不有。"你想"完全"真能在人间找得出来的么？就是遍游亿万尘沙世界，经过庄严劫、贤劫、星宿劫，也找不着呀！不完全的世界怎能有完全的人？她自己也不完全，怎配想得一个完全的男子？纵使世间真有一个完全的男子，与她理想的理想一样，那男子对她未必就能起敬爱。罢了！这又是一种渴鹿趋阳焰的事，即令他有千万蹄，每蹄各具千万翅膀，飞跑到旷野尽处，也不能得点滴的水。何况她还盼望得到绿洲做她的憩息饮食处？朋友们说她是"愚拙的聪明人"，诚然！她真是一个万事伶俐，一时懵懂的女人。她总没想到"完全"是由妖魔画空而成，本来无东西，何能捉得住？多才、多艺、多色、多意想的人最容易犯理想病。因为有了这些，魔便乘隙于她心中画等等极乐；饰等等庄严；造等等偶像；使她这本来辛苦的身心更受造作安乐的刑罚。这刑罚，除了世人以为愚拙的人以外，谁也不能免掉。如果她知道这是魔的诡计，她就泅近解脱的岸边了，"理想"和毒花一样，眼看是美，却拿不得。三家村女也知道开美丽的花的多是毒草，总不敢取来做肴馔，可见真正聪明人还数不到她。自求辛螫的人除用自己的泪来调反省的药饵以外，再没有别样灵方。医生说她外表似冷，内里却中了很深的繁花毒。由毒生热恼，恼极成劳，故呕心有血。我早知她的病原在此，只恨没有神变威力，幻作大白香象，到阿耨达池去，吸取些清凉水来与她灌顶，使她表里俱冷。虽然如此，我还尽力向她劝说，希望她自己能调伏她理想的热毒。我写到这里，接朋友的信说她病得很凶，我得赶紧去看看她。

给怜生

偶出郊外，小憩野店，见绿榕叶上糁满了黄尘。树根上坐着一个人，在那里呻吟着。袅说大概又是常见的那叫花子在那里演着动人同情或惹人憎恶的营生法术罢。我喝过一两杯茶，那凄楚的声音也和点心一齐送到我面前，不由得走到树下，想送给那人一些吃的用的。我到他跟前，一看见他的脸，却使我失惊。怜生，你说他是谁？我认得他，你也认得他。他就是汕市那个顶会弹三弦的殷师。你记得他一家七八口就靠着他那十个指头按弹出的声音来养活的。现在他对我说他的一只手已留在那被贼格杀的城市里。他的家也教毒火与恶意毁灭了。他见人只会嚷："手——手——手！"再也唱不出什么好听的歌曲来。他说："求乞也求不出一只能弹的手，白活着是无意味的。"我安慰他说："这是贼人行凶的一个实据，残废也有残废生活的办法，乐观些罢。"他说："假使贼人切掉他一双脚，也比去掉他一个指头强。有完全的手，还可以营谋没惭愧的生活。"我用了许多话来鼓励他。最后对他说："一息尚存，机会未失。独臂擎天，事在人为。把你的遭遇唱出来，没有一只手，更能感动人，使人人的手举起来，为你驱逐丑贼。"他沉吟了许久，才点了头。我随即扶他起来。他的脸黄瘦得可怕，除掉心情的愤怒和哀伤以外，肉体上的饥饿、疲乏和感冒，都聚在他身上。

我们同坐着小车，轮转得虽然不快，尘土却随着车后卷起一阵阵的黑旋风。头上一架银色飞机掠过去。殷师对于飞机已养成一种自然的反射作用，一听见声音就蜷伏着。袅说那是自己的，他才安心。回到城里，看见报上说，方才那机是专载烤火鸡到首都去给夫人、小姐们送新年礼的。好贵重的礼物！他们是越过满布残肢死体的战场，败瓦颓垣的村镇，才能安然地放置在粉香脂腻的贵女和她们的客人面前。希望那些烤红的火鸡，会将所经历的光景告诉她们。希望它们说：我们的人民，也一样地给贼人烤着吃咧！

答寒光

你说你佩服近来流行的口号：革命是不择手段的，我可不敢赞同。革命是为民族谋现在与将来的福利的伟大事业，不像泼一盆脏水那么简单。我们要顾到民族生存的根本条件，除掉经济生活以外，还要顾到文化生活。纵然你说在革命的过程中文化生活是不重要的，因为革命便是要为民族制造一个新而前进的文化，你也得做得合理一点，经济一点。

革命本来就是达到革新目的的手段。要达到目的地，本来没限定一条路给我们走。但是有些是崎岖路，有些是平坦途，有些是捷径，有些是远道。你在这些路程上，当要有所选择。如际不择道路，你就是一个最笨的革命家。因为你为选择了那条崎岖又复辽远的道路，你岂不是白糟蹋了许多精力、时间与物力？领导革命从事革命的人，应当择定手段。他要执持信义、廉耻、振奋、公正等等精神的武器，踏在共利互益的道路上，才能有光明的前途。要知道不问手段去革命，只那手段有时便可成为前途最大的障碍。何况反革命者也可以不问手段地摧残你的工作？所以革命要择优越的、坚强的与合理的手段，不择手段的革命是作乱，不是造福。你赞同我的意思罢！写到此处，忽觉冷气袭人，于是急闭窗户，移座近火，也算卫生上所择的手段罢，一笑。

雍来信说她面貌丑陋，不敢登场。我已回信给她说，戏台上的人物不见得都美，也许都比她丑。只要下场时留得本来面目。上场显得自己性格，涂朱画墨，有何妨碍？

给华妙

瑰容她的儿子加入某种秘密工作。孩子也干得很有劲。他看不起那些不与他一同工作的人们，说他们是活着等死。不到几个月，秘密机关被日人发现，因而打死了几个小同志。他幸而没被逮去，可是工作是不能再进行了，不得已逃到别处去。他已不再干那事，论理就该好好地求些有用的知识，可是他野惯了，一点也感觉不到知识的需要。他不理会他们的秘密的失败是由组织与联络不严密和缺乏知识，他常常举出他的母亲为例，说受了教育只会教人越发颓废，越发不振作，你说可怜不可怜！

瑰呢？整天要钱。不要钱，就是跳舞；不跳舞，就是……总而言之，据她的行为看来，也真不像是鼓励儿子去做救国工作的母亲。她的动机是什么，可很难捉摸。不过我知道她的儿子当对她的行为表示不满意。她也不喜欢他在家里，尤其是有客人来找她的时候。

前天我去找她，客厅里已有几个欧洲朋友在畅谈着。这样的盛会，在她家里是天天有的。她在群客当中，打扮得像那样的女人。在谈笑间，常理会她那抽烟、耸肩，瞟眼的姿态，没一样不是表现她的可鄙。她偶然离开屋里，我就听见一位外宾低声对着他的同伴说："她很美，并且充满了性的引诱。"另一位说："她对外宾老是这样的美利坚化。……受欧美教育的中国妇女，多是擅于表欧美的情的，甚至身居重要地位的贵妇也是如此。"我是装着看杂志，没听见他们的对话，但心里已为中国文化掉了许多泪。华妙，我不是反对女子受西洋教育。我反对一切受西洋教育的男女忘记了自己是什么样人，自己有什么文化。大人先生们整天在讲什么"勤俭"、"朴素"、"新生活"、"旧道德"，但是节节失败在自己的家庭里头，一想起来，除掉血，还有什么可呕的？

商人妇

“先生，请用早茶。”这是二等舱的侍者催我起床的声音。我因为昨天上船的时候太过忙碌，身体和精神都十分疲倦，从九点一直睡到早晨七点还没有起床。我一听侍者的招呼，就立刻起来，把早晨应办的事情弄清楚，然后到餐厅去。

那时节餐厅里满坐了旅客。个个在那里喝茶，说闲话：有些预言欧战谁胜谁负的；有些议论袁世凯该不该做皇帝的；有些猜度新加坡印度兵变乱是不是受了印度革命党运动的。那种唧唧咕咕的声音，弄得一个餐厅几乎变成菜市。我不惯听这个，一喝完茶就回到自己的舱里，拿了一本《西青散记》跑到右舷找一个地方坐下，预备和书里的双卿谈心。

我把书打开，正要看时，一位印度妇人携着一个七八岁的孩子来到跟前，和我面对面地坐下。这妇人，我前天在极乐寺放生池边曾见过一次，我也瞧着她上船，在船上也是常常遇见她在左右舷乘凉。我一瞧见她，就动了我的好奇心，因为她的装束虽是印度的，然而行动却不像印度妇人。

我把书搁下，偷眼瞧她，等她回眼过来瞧我的时候，我又装作念书。我好几次是这样办，恐怕她疑我有别的意思，此后就低着头，再也不敢把眼光射在她身上。她在那里信口唱些印度歌给小孩听，那孩子也指东指西问她说话。我听她的回答，无意中又把眼睛射在她脸上。她见我抬起头来，就顾不得和孩子周旋，急急地用闽南土话问我说：“这位老叔，你也是要到新加坡去么？”她的口腔很像海澄的乡人，所问的也带着乡人的口气。在说话之间，一字一字慢慢地拼出来，好像初学说话的一样。我被她这一问，心里的疑团结得更大，就回答说：“我要回厦门去。你曾到过我们那里么？为什么能说我们的话？”“呀！我想你瞧我的装束像印度妇女，所以猜疑我不是唐山（华侨叫祖国作唐山）人。我实在告诉你，我家就在鸿渐。”

那孩子瞧见我们用土话对谈，心里奇怪得很，他摇着妇人的膝头，用印度话问道：“妈妈，你说的是什么话？他是谁？”也许那孩子从来不曾听过她说这样的话，所以觉得稀奇。我巴不得快点知道她的底蕴，就接着问她：“这孩子是你养的么？”她先回答了孩子，然后向我叹一口气说：“为什么不是呢！这是我在麻德拉斯养的。”

我们越谈越熟，就把从前的畏缩都除掉。自从她知道我的里居、职业以后，她再也不称我作“老叔”，更转口称我作“先生”。她又把麻德拉斯大概的情形说给我听。我因为她的境遇很稀奇，就请她详详细细地告诉我。她谈得高兴，也就应许了。那时，我才把书收入口袋里，注神听她诉说自己的历史。

我十六岁就嫁给青礁林荫乔为妻。我的丈夫在角尾开糖铺。他回家的时候虽然少，但我们的感情决不因为这样就生疏。我和他过了三四年的日子，从不曾拌过嘴，或闹过什么意见。有一天，他从角尾回来，脸上现出忧闷的容貌。一进门就握着我的手说：“惜官（闽俗：长辈称下辈或同辈的男女彼此相称，常加‘官’字在名字之后），我的生意已经倒闭，以后我就不到角尾去啦。”我听了这话，不由得问他：“为什么呢？是买卖不好吗？”他说：“不是，不是，是我自己弄坏的。这几天那里赌局，有些朋友招我同玩，我起先赢了许多，但是后来都输得精光，甚至连店里的生财家伙，也输给人了。……我实在后悔，实在对你不住。”我怔了一会，也想不出什么合适的话来安慰他，更不能想出什么话来责备他。

他见我的泪流下来，忙替我擦掉，接着说：“哎！你从来不曾在我面前哭过，现在你向我掉泪，简直像熔融的铁珠一滴一滴地滴在我心坎儿上一样。我的难受，实在比你更大。你且不

批注空间

必担忧，我找些资本再做生意就是了。”

当下我们二人面面相觑，在那里静静地坐着。我心里虽有些规劝的话要对他说，但我每将眼光射在他脸上的时候，就觉得他有一种妖魔的能力，不容我说，早就理会了我的意思。我只说：“以后可不要再耍钱，要知道赌钱……”

他在家里闲着，差不多有三个月。我所积的钱财倒还够用，所以家计用不着他十分挂虑。我镇日出外借钱做资本，可惜没有人信得过他，以致一文也借不到。他急得无可奈何，就动了过番（闽人说到南洋为过番）的念头。

他要到新加坡去的时候，我为他摒挡一切应用的东西，又拿了一对玉手镯教他到厦门兑来做盘费。他要趁早潮出厦门，所以我们别离的前一夕足足说了一夜的话。第二天早晨，我送他上小船，独自一人走回来，心里非常烦闷，就伏在案上，想着到南洋去的男子多半不想家，不知道他会这样不会。正这样想，蓦然一片急步声达到门前，我认得是他，忙起身开了门，问：“是漏了什么东西忘记带去么？”他说：“不是，我有一句话忘记告诉你：我到那边的时候，无论做什么事，总得给你来信。若是五六年后我不能回来，你就到那边找我去。”我说：“好罢。这也值得你回来叮咛，到时候我必知道应当怎样办的。天不早了，你快上船去罢。”他紧握着我的手，长叹了一声，翻身就出去了。我注目直送到榕荫尽处，瞧他下了长堤，才把小门关上。

我与林荫乔别离那一年，正是二十岁。自他离家以后，只来了两封信，一封说他在新加坡丹让巴葛开杂货店，生意很好。一封说他的事情忙，不能回来。我连年望他回来完聚，只是一年一年的盼望都成虚空了。

邻舍的妇人常劝我到南洋找他去。我一想，我们夫妇离别已经十年，过番找他虽是不便，却强过独自一人在家里挨苦。我把所积的钱财检妥，把房子交给乡里的荣家长管理，就到厦门搭船。

我第一次出洋，自然受不惯风浪的颠簸，好容易到了新加坡。那时节，我心里的喜欢，简直在这辈子里头不曾再遇见。我请人带我到丹让巴葛义和诚去。那时我心里的喜欢更不能用言语来形容。我瞧店里的买卖很热闹，我丈夫这十年间的发达，不用我估量，也就罗列在眼前了。

但是店里的伙计都不认识我，故得对他们说明我是谁和来意。有一位年轻的伙计对我说："头家（闽人称店主为头家）今天没有出来，我领你到住家去罢。"我才知道我丈夫不在店里住，同时我又猜他一定是再娶了，不然，断没有所谓住家的。我在路上就向伙计打听一下，果然不出所料！

人力车转了几个弯，到一所半唐半洋的楼房停住。伙计说："我先进去通知一声。"他撇我在外头，许久才出来对我说："头家早晨出去，到现在还没有回来哪。头家娘请你进去里头等他一会儿，也许他快要回来。"他把我两个包袱——那就是我的行李——拿在手里，我随着他进去。

我瞧见屋里的陈设十分华丽。那所谓头家娘的，是一个马来妇人，她出来，只向我略略点了一个头。她的模样，据我看来很不恭敬，但是南洋的规矩我不懂得，只得陪她一礼。她头上戴的金刚钻和珠子，身上缀的宝石、金、银，衬着那副黑脸孔，越显出丑陋不堪。

她对我说了几句套话，又叫人递一杯咖啡给我，自己在一边吸烟、嚼槟榔，不大和我攀谈。我想是初会生疏的缘故，所以也不敢多问她的话。不一会，得得的马蹄声从大门直到廊前，我早猜着是我丈夫回来了。我瞧他比十年前胖了许多，肚子也大起来了。他口里含着一支雪茄，手里扶着一根象牙杖，下了车，踏进门来，把帽子挂在架上。见我坐在一边，正要发问，那马来妇人上前向他唧唧咕咕地说了几句。她的话我虽不懂得，但瞧她的神气像有点不对。

我丈夫回头问我说："惜官，你要来的时候，为什么不预先通知一声？是谁叫你来的？"我以为他见我以后，必定要对我说些温存的话，哪里想到反把我诘问起来！当时我把不平的情绪压下，赔笑回答他，说："唉，荫哥，你岂不知道我不会写字么？咱们乡下那位写信的旺师常常给人家写别字，甚至把意思弄错了，因为这样，所以不敢央求他替我写。我又是决意要来找你的，不论迟早总得动身，又何必多费这番工夫呢？你不曾说过五六

批注空间

批注空间

年后若不回去，我就可以来吗？”我丈夫说：“吓！你自己倒会出主意。”他说完，就横横地走进屋里。

我听他所说的话，简直和十年前是两个人。我也不明白其中的缘故：是嫌我年长色衰呢，我觉得比那马来妇人还俊得多；是嫌我德行不好呢，我嫁他那么多年，事事承顺他，从不曾做过越出范围的事。荫哥给我这个闷葫芦，到现在我还猜不透。

他把我安顿在楼下，七八天的工夫不到我屋里，也不和我说话。那马来妇人倒是很殷勤，走来对我说：“荫哥这几天因为你的事情很不喜欢。你且宽怀，过几天他就不生气了。晚上有人请咱们去赴席，你且把衣服穿好，我和你一块儿去。”

她这种甘美的语言，叫我把从前猜疑她的心思完全打消。我穿的是湖色布衣，和一条大红绉裙，她一见了，不由得笑起来。我觉得自己满身村气，心里也有一点惭愧。她说：“不要紧，请咱们的不是唐山人，定然不注意你穿的是不是时新的样式。咱们就出门罢。”

马车走了许久，穿过一丛椰林，才到那主人的门口。进门是一个很大的花园，我一面张望，一面随着她到客厅去。那里果然有很奇怪的筵席摆设着。一班女客都是马来人和印度人。她们在那里叽里咕噜地说说笑笑，我丈夫的马来妇人也撇下我去和她们谈话。不一会，她和一位妇人出去，我以为她们逛花园去了，所以不大理会。但过了许久的工夫，她们只是不回来，我心急起来，就向在座的女人说：“和我来的那位妇人往哪里去？”她们虽能会意，然而所回答的话，我一句也懂不得。

我坐在一个软垫上，心头跳动得很厉害。一个仆人拿了一壶水来，向我指着上面的筵席作势。我瞧见别人洗手，知道这是食前的规矩，也就把手洗了。她们让我入席，我也不知道哪里是我应当坐的地方，就顺着她们指定给我的座位坐下。她们祷告以后，才用手向盘里取自己所要的食品。我头一次掬东西吃，一定是很不自然，她们又教我用指头的方法。我在那里，很怀疑我丈夫的马来妇人不在座，所以无心在筵席上张罗。

筵席撤掉以后，一班客人都笑着向我亲了一下吻就散了。当时我也要跟她们出门，但那主妇叫我等一等。我和那主妇在屋里指手画脚做哑谈，正笑得不可开交，一位五十来岁的印度男子从外头进来。那主妇忙起身向他说了几句话，就和他一同坐下。我在一个生地方遇见生面的男子，自然羞缩到了不得。那男子走到我跟前说：“喂，你已是我的人啦。我用钱买你。你住这里好。”他说的虽是唐话，但语格和腔调全是不对的。我听他说把我买过来，不由得恸哭起来。那主妇倒是在身边殷勤地安慰我。那时已是入亥时分，他们教我进里边睡，我只是和衣在厅边坐了一宿，哪里肯依他们的命令！

先生，你听到这里必定要疑我为什么不死。唉！我当时也有这样的思想，但是他们守着我好像囚犯一样，无论什么时候都有人在我身旁。久而久之，我的激烈的情绪过了，不但不愿死，而且要留着这条命往前瞧瞧我的命运到底是怎样的。

买我的人是印度麻德拉斯的回教徒阿户耶。他是一个氆氇商，因为在新加坡发了财，要多娶一个姬妾回乡享福。偏是我的命运不好，趁着这机会就变成他的外国古董。我在新加坡住不上一个月，他就把我带到麻德拉斯去。

阿户耶给我起名叫利亚。他叫我把脚放了，又在我鼻上穿了一个窟窿，带上一只钻石鼻环。他说照他们的风俗，凡是已嫁的女子都得带鼻环，因为那是妇人的记号。他又把很好的“克尔塔”（回妇上衣）、“马拉姆”（胸衣）和“埃撒”（裤）教我穿上。从此以后，我就变成一个回回婆子了。

阿户耶有五个妻子，连我就是六个。那五人之中，我和第三妻的感情最好。其余的我很憎恶她们，因为她们欺负我不会说话，又常常戏弄我。我的小脚在她们当中自然是稀罕的，她们虽是不歇地摩挲，我也不怪。最可恨的是她们在阿户耶面前拨弄是非，叫我受委屈。

阿噶利马是阿户耶第三妻的名字，就是我被卖时张罗筵席的那个主妇。她很爱我，常劝我用“撒马”来涂眼眶，用指甲花来涂指甲和手心。回教的妇人每日用这两种东西和我们唐人用脂粉一样。她又教我念孟加拉文和阿拉伯文。我想起自己因为不能写信的缘故，致使荫哥有所借口，现在才到这样的地步，所以愿意在这举目无亲的时候用功学习些少文字。她虽然没有

批注空间

什么学问，但当我的教师是绰绰有余的。

我从阿噶利马念了一年，居然会写字了！她告诉我他们教里有一本天书，本不轻易给女人看的，但她以后必要拿那本书来教我。她常对我说："你的命运会那么蹇涩，都是阿拉给你注定的。你不必想家太甚，日后或者有大快乐临到你身上，叫你享受不尽。"这种定命的安慰，在那时节很可以教我的精神活泼一点。

我和阿户耶虽无夫妻的情，却免不了有夫妻的事。哎！我这孩子（她说时把手抚着那孩子的顶上）就是到麻德拉斯的第二年养的。我活了三十多岁才怀孕，那种痛苦为我一生所未经过。幸亏阿噶利马能够体贴我，她常用话安慰我，教我把目前的苦痛忘掉。有一次她瞧我过于难受，就对我说："呀！利亚，你且忍耐着罢。咱们没有无花果树的福分（《可兰经》载阿丹浩挖被天魔阿扎贼来引诱，吃了阿拉所禁的果子，当时他们二人的天衣都化没了。他们觉得赤身的羞耻，就向乐园里的树借叶子围身。各种树木因为他们犯了阿拉的戒命，都不敢借，唯有无花果树瞧他们二人怪可怜的，就慷慨借些叶子给他们。阿拉嘉许无花果树的行为，就赐它不必经过开花和受蜂蝶搅扰的苦而能结果），所以不能免掉怀孕的苦。你若是感得痛苦的时候，可以默默向阿拉求恩，他可怜你，就赐给你平安。"我在临产的前后期，得着她许多的帮助，到现在还是忘不了她的情意。

自我产后，不上四个月，就有一件失意的事教我心里不舒服：那就是和我的好朋友离别。她虽不是死掉，然而她所去的地方，我至终不能知道。阿噶利马为什么离开我呢？说来话长，多半是我害她的。

我们隔壁有一位十八岁的小寡妇名叫哈那，她四岁就守寡了。她母亲苦待她倒罢了，还要说她前生的罪孽深重，非得叫她辛苦，来生就不能超脱。她所吃所穿的都跟不上别人，常常在后园里偷哭。她家的园子和我们的园子只隔一度竹篱，我一听见她哭，或是听见她在那里，就上前和她谈话，有时安慰她，有时给东西她吃，有时送她些少金钱。

阿噶利马起先瞧见我周济那寡妇，很不以为然。我屡次对她说明，在唐山不论什么人都可以受人家的周济，从不分什么教门。她受我的感化，后来对于那寡妇也就发出哀怜的同情。

有一天，阿噶利马拿些银子正从篱间递给哈那，可巧被阿户耶瞥见。他不声不张，蹑步到阿噶利马后头，给她一掌，顺口骂说："小母畜，贱生的母猪，你在这里干什么？"他回到屋里，气得满身哆嗦，指着阿噶利马说："谁教你把钱给那婆罗门妇人？岂不把你自己玷污了吗？你不但玷污了自己，更是玷污我和清真圣典。'马赛拉'（是阿拉禁止的意思）！快把你的'布卡'（面幕）放下来罢。"

我在里头听得清楚，以为骂过就没事。谁知不一会的工夫，阿噶利马珠泪承睫地走进来，对我说："利亚，我们要分离了！"我听这话吓了一跳，忙问道："你说的是什么意思，我听不明白。"她说："你不听见他叫我把'布卡'放下来罢？那就是休我的意思。此刻我就要回娘家去。你不必悲哀，过两天他气平了，总得叫我回来。"那时我一阵心酸，不晓得要用什么话来安慰她，我们抱头哭了一场就分散了。唉！"杀人放火金腰带；修桥整路长大癞"，这两句话实在是人间生活的常例呀！

自从阿噶利马去后，我的凄凉的历书又从"贺春王正月"翻起。那四个女人是与我素无交情的。阿户耶呢，他那副黝黑的脸，猬毛似的胡子，我一见了就憎厌，巴不得他快离开我。我每天的生活就是乳育孩子，此外没有别的事情。我因为阿噶利马的事，吓得连花园也不敢去逛。

过几个月，我的苦生涯快挨尽了！因为阿户耶借着病回他的乐园去了。我从前听见阿噶利马说过：妇人于丈夫死后一百三十日后就得自由，可以随便改嫁。我本欲等到那规定的日子才出去，无奈她们四个人因为我有孩子，在财产上恐怕给我占便宜，所以多方窘迫我。她们的手段，我也不忍说了。

哈那劝我先逃到她姊姊那里。她教我送一点钱财给她的姊夫，就可以得到他们的容留。她姊姊我曾见过，性情也很不错。我一想，逃走也是好的，她们四个人的心肠鬼蜮到极，若是中了她们的暗算，可就不好。哈那的姊夫在亚可特住。我和她约定了，教她找机会通知我。

一星期后，哈那对我说她的母亲到别处去，要夜深才可以

批注空间

批注空间

回来，教我由篱笆逾越过去。这事本不容易，因事后须得使哈那不至于吃亏。而且篱上界着一行钒线，实在教我难办。我抬头瞧见篱下那棵波罗蜜树有一桠横过她那边，那树又是斜着长上去的。我就告诉她，叫她等待人静的时候在树下接应。

原来我的住房有一个小门通到园里。那一晚上，天际只有一点星光，我把自己细软的东西藏在一个口袋里，又多穿了两件衣裳，正要出门，瞧见我的孩子睡在那里。我本不愿意带他同行，只怕他醒时瞧不见我要哭起来，所以暂住一下，把他抱在怀里，让他吸乳。他吸的时节，才实在感得我是他的母亲，他父亲虽与我没有精神上的关系，他却是我养的。况且我去后，他不免要受别人的折磨。我想到这里，不由得双泪直流。因为多带一个孩子，会教我的事情越发难办。我想来想去，还是把他驼起来，低声对他说："你是好孩子，就不要哭，还得乖乖地睡。"幸亏他那时好像理会我的意思，不大作声。我留一封信在床上，说明愿意抛弃我应得的产业和逃走的理由，然后从小门出去。

我一手往后托住孩子，一手拿着口袋，蹑步到波罗蜜树下。我用一条绳子拴住口袋，慢慢地爬上树，到分桠的地方少停一会。那时孩子哼了一两声，我用手轻轻地拍着，又摇他几下，再把口袋扯上来，抛过去给哈那接住。我再爬过去，摸着哈那为我预备的绳子，我就紧握着，让身体慢慢坠下来。我的手耐不得摩擦，早已被绳子锉伤了。

我下来之后，谢过哈那，忙忙出门，离哈那的门口不远就是爱德耶河，哈那和我出去雇船，她把话交代清楚就回去了。那舵工是一个老头子，也许听不明白哈那所说的话。他划到塞德必特车站，又替我去买票。我初次搭车，所以不大明白行车的规矩，他叫我上车，我就上去。车开以后，查票人看我的票才知道我搭错了。

车到一个小站，我赶紧下来，意思是要等别辆车搭回去。那时已经夜半，站里的人说上麻德拉斯的车要到早晨才开。不得已就在候车处坐下。我把"马支拉"（回妇外衣）披好，用手支住袋假寐，约有三四点钟的工夫。偶一抬头，瞧见很远一点灯光由栅栏之间射来，我赶快到月台去，指着那灯问站里的人。

他们当中有一个人笑说："这妇人连方向也分不清楚了。她认启明星做车头的探灯哪。"我瞧真了，也不觉得笑起来，说："可不是！我的眼真是花了。"

我对着启明星，又想起阿噶利马的话。她曾告诉我那星是一个擅于迷惑男子的女人变的。我因此想起荫哥和我的感情本来很好，若不是受了番婆的迷惑，决不忍把他最爱的结发妻卖掉。我又想着自已被卖的不是不能全然归在荫哥身上。若是我情愿在唐山过苦日子，无心到新加坡去依赖他，也不会发生这事。我想来想去,反笑自己逃得太过唐突。我自问既然逃得出来，又何必去依赖哈那的姊姊呢？想到这里，仍把孩子抱回候车处，定神解决这问题。我带出来的东西和现银共值三千多卢比，若是在村庄里住，很可以够一辈子的开销，所以我就把独立生活的主意拿定了。

天上的诸星陆续收了它们的光，唯有启明仍在东方闪烁着。当我瞧着它的时候，好像有一种声音从它的光传出来，说："惜官，此后你别再以我为迷惑男子的女人。要知道凡光明的事物都不能迷惑人。在诸星之中,我最先出来,告诉你们黑暗快到了；我最后回去，为的是领你们紧接受着太阳的光亮；我是夜界最光明的星。你可以当我作你心里的殷勤的警醒者。"我朝着它，心花怒开，也形容不出我心里的感谢。此后我一见着它，就有一番特别的感触。

我向人打听客栈所在的地方，都说要到贞葛布德才有。于是我又搭车到那城去。我在客栈住不多的日子，就搬到自己的房子住去。

那房子是我把钻石鼻环兑出去所得的金钱买来的。地方不大，只有二间房和一个小园，四面种些露兜树当作围墙。印度式的房子虽然不好，但我爱它靠近村庄，也就顾不得它的外观和内容了。我雇了一个老婆子帮助料理家务，除养育孩子以外，还可以念些印度书籍。我在寂寞中和这孩子玩弄，才觉得孩子的可爱，比一切的更甚。

每到晚间，就有一种很庄重的歌声送到我耳里。我到园里一望，原来是从对门一个小家庭发出来。起先我也不知道他们

批注空间

批注空间

唱来干什么，后来我才晓得他们是基督徒。那女主人以利沙伯不久也和我认识，我也常去赴他们的晚祷会。我在贞葛布德最先认识的朋友就算他们那一家。

以利沙伯是一个很可亲的女人，她劝我入学校念书，且应许给我照顾孩子。我想偷闲度日也是没有什么出息，所以在第二年她就介绍我到麻德拉斯一个妇女学校念书。每月回家一次瞧瞧我的孩子，她为我照顾得很好，不必我担忧。

我在校里没有分心的事，所以成绩甚佳。这六七年的工夫，不但学问长进，连从前所有的见地都改变了。我毕业后直到如今就在贞葛布德附近一个村里当教习。这就是我一生经历的大概。若要详细说来，虽用一年的工夫也说不尽。

现在我要到新加坡找我丈夫去，因为我要知道卖我的到底是谁。我很相信荫哥必不忍做这事，纵然是他出的主意，终有一天会悔悟过来。

惜官和我谈了足有两点多钟，她说得很慢，加之孩子时时搅扰她，所以没有把她在学校的生活对我详细地说。我因为她说得工夫太长，恐怕精神过于受累，也就不往下再问，我只对她说："你在那漂流的时节，能够自己找出这条活路，实在可敬。明天到新加坡的时候，若是要我帮助你去找荫哥，我很乐意为你去干。"她说："我哪里有什么聪明，这条路不过是冥冥中指导者替我开的。我在学校里所念的书，最感动我的是《天路历程》和《鲁滨逊漂流记》，这两部书给我许多安慰和模范。我现时简直是一个女鲁滨逊哪。你要帮我去找荫哥，我实在感激。因为新加坡我不大熟悉，明天总得求你和我……"说到这里，那孩子催着她进舱里去拿玩具给他。她就起来，一面续下去说："明天总得求你帮忙。"我起立对她行了一个敬礼，就坐下把方才的会话录在怀中日记里头。

过了二十四点钟，东南方微微露出几个山峰。满船的人都十分忙碌，惜官也顾着检点她的东西，没有出来。船入港的时候，她才携着孩子出来与我坐在一条长凳上头。她对我说："先生，想不到我会再和这个地方相见。岸上的椰树还是舞着它们的叶子；海面的白鸥还是飞来飞去向客人表示欢迎；我的愉快也和九年前初会它们那时一样。如箭的时光，转眼就过了那么多年，但我至终瞧不出从前所见的和现在所见的当中有什么分别。……呀！‘光阴如箭’的话，不是指着箭飞得快说，乃是指着箭的本体说。光阴无论飞得多么快，在里头的事物还是没有什么改变，好像附在箭上的东西，箭虽是飞行着，它们却是一点不更改。……我今天所见的和从前所见的虽是一样，但愿荫哥的心肠不要像自然界的现象变更得那么慢；但愿他回心转意地接纳我。”我说：“我向你表同情。听说这船要泊在丹让巴葛的码头，我想到时你先在船上候着，我上去打听一下再回来和你同去，这办法好不好呢？”她说：“那么，就教你多多受累了。”

我上岸问了好几家都说不认得林荫乔这个人，那义和诚的招牌更是找不着。我非常着急，走了大半天觉得有一点累，就上一家广东茶居歇足，可巧在那里给我查出一点端倪。我问那茶居的掌柜。据他说：林荫乔因为把妻子卖给一个印度人，惹起本埠多数唐人的反对。那时有人说是他出主意卖的，有人说是番婆卖的，究竟不知道是谁做的事。但他的生意因此受莫大的影响，他瞧着在新加坡站不住，就把店门关起来，全家搬到别处去了。

我回来将所查出的情形告诉惜官，且劝她回唐山去。她说：“我是永远不能去的，因为我带着这个棕色孩子，一到家，人必要耻笑我，况且我对于唐文一点也不会，回去岂不要饿死吗？我想在新加坡住几天，细细地访查他的下落。若是访不着时，仍旧回印度去。……唉，现在我已成为印度人了！”

我瞧她的情形，实在想不出什么话可以劝她回乡，只叹一声说：“呀！你的命运实在苦！”她听了反笑着对我说：“先生啊，人间一切的事情本来没有什么苦乐的分别：你造作时是苦，希望时是乐；临事时是苦，回想时是乐。我换一句话说：眼前所遇的都是困苦；过去、未来的回想和希望都是快乐。昨天我对你诉说自己境遇的时候，你听了觉得很苦，因为我把从前的情形陈说出来，罗列在你眼前，教你感得那是现在的事；若是我自己想起来，久别、被卖、逃亡等等事情都有快乐在内。所以

批注空间

批注空间

你不必为我叹息,要把眼前的事情看开才好。……我只求你一样,你到唐山时,若是有便,就请到我村里通知我母亲一声。我母亲算来已有七十多岁,她住在鸿渐,我的唐山亲人只剩着她咧。她的门外有一棵很高的橄榄树。你打听良姆,人家就会告诉你。”

船离码头的时候,她还站在岸上挥着手中送我。那种诚挚的表情,教我永远不能忘掉。我到家不上一月就上鸿渐去。那橄榄树下的破屋满被古藤封住,从门缝儿一望,隐约瞧见几座朽腐的木主搁在桌上,那里还有一位良姆!

醍醐天女

相传乐斯迷是从醍醐海升起来的。她是爱神的母亲，是保护世间的大神卫世奴的妻子。印度人一谈到她，便发出非常的钦赞。她的化身依婆罗门人的想象，是不可用算数语言表出的。人想她的存在是遍一切处，遍一切时；然而我生在世间的年纪也不算少了，怎样老见不着她的影儿？我在印度洋上曾将这个疑问向一两个印度朋友说过。他们都笑我没有智慧，在这有情世间活着，还不能辨出人和神的性格来。准陀罗是和我同舟的人，当时他也没有对我说什么，只管凝神向着天际那现吉祥相的海云。

那晚上，他教我和他到舵上的轮机旁边。我们的眼睛都望下看着推进机激成的白浪。准陀罗说："那么大的洋海，只有这几尺地方，像醍醐海的颜色。"这话又触动我对于乐斯迷的疑问。他本是很喜欢讲故事的，所以我就央求他说一点乐斯迷的故事给我听。

他对着苍茫的洋海，很高兴地发言。"这是我自己的母亲！"在很庄严的言语中，又显出他有资格做个女神的儿子。我倒诧异起来了。他说："你很以为稀奇么？我给你解释罢。"

我静坐着，听这位自以为乐斯迷儿子的朋友说他父母的故事。

我的家在旁遮普和迦湿弥罗交界地方。那里有很畅茂的森林。我母亲自十三岁就嫁了。那时我父亲不过是十四岁。她每天要同我父亲跑入森林里去，因为她喜欢那些参天的树木，和不羁的野鸟和昆虫的歌舞。他们实在是那森林的心。他们常进

批注空间

去玩，所以树林里的禽兽都和他们很熟悉，鹦鹉衔着果子要吃，一见他们来，立刻放下，发出和悦的声问他们好。孔雀也是如此，常在林中展开他们的尾扇，欢迎他们。小鹿和大象有时嚼着食品走近跟前让他们抚摩。

树林里的路，多半是我父母开的。他们喜欢做开辟道路的人。每逢一条旧路走熟了，他们就想把路边的藤萝荆棘扫除掉，另开一条新路进去。在没有路或不是路的树林里走着，本是非常危险的。他们冒得险多，危险真个教他们遇着了。

我父亲拿着木棍，一面拨，一面往前走；母亲也在后头跟着。他们从一颗满了气根的榕树底下穿过去。乱草中流出一条小溪，水浅而清，可是很急。父亲喊着“看看”！他扶着木棍对母亲说：“真想不到这里头有那么清的流水。我们坐一会玩玩。”

于是他们二人摘了两扇棕榈叶，铺在水边，坐下，四只脚插入水中，任那活流洗濯。

父亲是一时也静不得的。他在不言中，涉过小溪，试要探那边的新地。母亲是女人，比较起来，总软弱一点。有时父亲往前走了很远，她还在歇着，喘不过气来。所以父亲在前头走得多么远，她总不介意。她在叶上坐了许久，只等父亲回来叫她，但天色越来越晚，总不见他来。

催夕阳西下的鸟歌、兽吼，一阵阵地兴起了，母亲慌慌张张涉过水去找父亲。她从藤萝的断处，丛莽的倾倒处，或林樾的婆娑处找寻，在万绿底下，黑暗格外来得快。这时，只剩下几点萤火和叶外的霞光照顾着这位森林的女人。她的身体虽然弱，她的胆却是壮的。她一见父亲倒在地上，凝血聚在身边，立即走过去。她见父亲的脚还在流血，急解下自己的外衣在他腿上紧紧地绞。血果然止住，但父亲已在死的门外候着了。

母亲这时虽然无力也得橐着父亲走。她以为躺在这用虎豹做看护的森林病床上，倒不如早些离开为妙。在一所没有路的新地，想要安易地回到家里，虽不致如煮沙成饭那么难，可也不容易。母亲好容易把父亲橐过小溪，但找来找去总找不着原路。她知道在急忙中走错了道，就住步四围张望，在无意间把父亲撩在地上，自己来回地找路。她心越乱，路越迷，怎样也找不着。回到父亲身边，夜幕已渐次落下来了！她想无论如何，不能在林里过夜，总得把父亲稾出来。不幸这次她的力量完全丢了，怎么也举父亲不起，这教她进退两难了。守着呢？丈夫的伤势像很沉重，夜来若再遇见毒蛇猛兽，那就同归于尽了。走呢？自己一个不忍不得离开。绞尽脑髓，终不能想出何等妙计。最后她决定自己一个人找路出来。她摘了好些叶子，折了好些小树枝把父亲遮盖着。用了一刻功夫，居然堆成一丛小林。她手里另抱着许多合欢叶，走几步就放下一枝，有时插在别的树叶下，有时结在草上，有时塞在树皮里，为要做回来的路标。她走了约有五六百步，一弯新月正压眉梢，距离不远，已隐约可以看见些村屋。

她出了林，往有房屋的地方走，可惜这不是我们的村，也不是邻舍。是树林另一方面的村庄，我母亲不曾到过的。那时已经八九点了。村人怕野兽，早都关了门。她拍手求救，总不见有慷慨出来帮助的。她跑到村后，挨那篱笆向里瞻望。

那一家的篱笆里，在淡月中可以看见两三个男子坐在树下吸烟、闲谈。母亲合着掌从篱外伸进去，求他们说："诸位好邻人，赶快帮助我到树林里，扶我丈夫出来罢。"男子们听见篱外发出哀求的声，不由得走近看看。母亲接着央求他们说："我丈夫在树林里，负伤很重，你们能帮助我进去把他扶出来么？"内中有个多髭的人问母亲说："天色这么晚，你怎么知道你丈夫在树林里？"母亲回答说："我是从树林出来的。我和他一同进去，他在中途负伤。"

几个男子好像审案一般，这个一言，那个一语，只顾盘问。有一个说："既然你和他一同进去，为什么不会扶他出来？"有一个说："你看她连外衣也没穿，哪里像是出去玩的样子！想是在林中另有别的事罢。"又有一个说："女人的话信不得。她不晓得是个什么人。哪有一个女人，昏夜从树林跑出的道理？"

在昏夜中，女人的话有时很有力量，有时她的声音直像向没有空气的地方发出，人家总不理会。我母亲用尽一个善女人所能说的话对他们解释，怎奈那班心硬的男子们都觉得她在那里饶舌。她最好的方法，只有离开那里。

批注空间

她心中惦念林中的父亲，说话本有几分恍惚，再加上那几个男子的抢白，更是羞急万分。她实在不认得道回家，纵然认得，也未必敢走。左右思量，还是回到树林里去。

在向着树林的归途中，朝霞已从后面照着她了。她在一个道途不熟的黑夜里，移步固然很慢，而废路又走了不少，绕了几个弯，有时还回到原处。这一夜的步行，足够疲乏了。她踱到人家一所菜圃，那里有一张空凳子，她顾不得什么，只管坐下。

不一会，出来一个七八岁的孩子，定睛看着她，好像很诧异似的。母亲知道他是这里的小主人，就很恭敬地对他说明。孩子的心比那般男子好多了。他对母亲说："我背着我妈同你去罢。我们牢里有一匹母牛，天天我们要从它那榨出些奶子，现在我正要牵它出来。你候一候罢，我教它让你骑着走，因为你乏了。"孩子牵牛出来，也不榨奶，只让母亲骑着，在朝阳下，随着路标走入林中。

母亲在牛背上，眼看快到父亲身边了。昨夜所堆的叶子，一叶也没剩下。精神慌张的人，连大象站在旁边也不理会，真奇怪呀！她起先很害怕，以为父亲的身体也同叶子一同消灭了。后来看见那只和他们很要好的象正在咀嚼夜间她所预备的叶子，心才安然一些。

下了牛背，孩子扶她到父亲安卧的地方，但是人已不在了。这一吓，非同小可，简直把她苦得欲死不得。孩子的眼快一点，心地又很安宁，父亲一下子就让他找到了。他指着那边树根上那人说："那个是不是？"母亲一看，速速地扶着他走过去。

母亲喜出望外，问说："你什么时候醒过来的？怎么看见我们来了，也不作一声？"

父亲没有回答她的话，只说："我渴得很。"

孩子抢着说："挤些奶子他喝。"他摘一片光面的叶子到母牛腹下挤了些来给父亲喝。

父亲的精神渐次恢复了，对母亲说："我是被大象摇醒的。醒来不见你，只见它在旁边，吃叶子。为何这里有那么些叶子？是你预备的罢。……我记得昨天受伤的地方不是在这里。"

母亲把情形告诉他，又问他为何伤得那么厉害。他说是无意中触着毒刺，折入胫里，他一拔出来血就随着流，不忍教母亲知道，打算自己治好再出来。谁知越治血流得越多，至于晕过去，醒来才知道替他止血的还是母亲。

父亲知道白母牛是孩子的，就对他说了些感谢的话，也感激母亲说："若不是你去带这匹母牛来，恐怕今早我也起不来。"

母亲很诚恳地回答："溪水也可以喝的，早知道你要醒过来，我当然不忍离开你。真对不住你了。"

"谁是先知呢？刚才给我喝的奶子，实在胜过天上醍醐，多亏你替我找来！"父亲说时，挺着身子想要起来，可是他的气力很弱，动弹得不大灵敏。母亲向孩子借了母牛让父亲骑着。于是孩子先告辞回去了。

父亲赞美她的忠心，说她比醍醐海出来的乐斯迷更好，母亲那时也觉得昨晚上备受苦辱，该得父亲的赞美的。她也很得意地说："权当我为乐斯迷罢！"自那时以后，父亲常叫她作乐斯迷。

批注空间

图书在版编目（CIP）数据

许地山散文·小说/许地山著.—— 长春:
吉林文史出版社,2014.7（2023.9重印）
（名家精品阅读）
ISBN 978-7-5472-2246-1

Ⅰ.①许… Ⅱ.①许… Ⅲ.①散文集－中国－现代②
小说集－中国－现代 Ⅳ.①I216.2

中国版本图书馆CIP数据核字(2014)第143218号

名家精品阅读

许地山散文·小说

XUDISHANSANWEN XIAOSHUO

著者/许地山
责任编辑/陈春燕
责任校对/张雪霜　封面设计/新华智品
出版发行/吉林文史出版社
地址/长春市人民大街4646号　邮编/130021
电话/0431—86037507
网址/www.jlws.com.cn
印刷/北京一鑫印务有限责任公司
版次/ 2014年9月第1版　2023年9月第5次印刷
开本/ 720mm×1000mm　1/16
印张/10　字数/ 340千字
书号/ ISBN 978-7-5472-2246-1
定价/ 45.00元